रुख़

[समीक्षा-संस्मरण-टिप्पणी]

रुख़

कुँवर नारायण

संपादक

अनुराग वत्स

राजकमल प्रकाशन

नयी दिल्ली पटना इलाहाबाद कोलकाता

ISBN : 978-81-267-2638-7

पहला संस्करण : 2014

प्रकाशक : राजकमल प्रकाशन प्रा. लि.
1-बी, नेताजी सुभाष मार्ग, दरियागंज
नई दिल्ली-110 002

शाखाएं : अशोक राजपथ, साइंस कॉलेज के सामने, पटना-800 006
पहली मंजिल, दरबारी बिल्डिंग, महात्मा गांधी मार्ग, इलाहाबाद-211 001
36 ए, शेक्सपियर सरणी, कोलकाता-700 017

वेबसाइट : www.rajkamalprakashan.com
ई-मेल : info@rajkamalprakashan.com

RUKH
Criticism by Kunwar Narain
Edited by Anurag Vats

रुख़–सार

वरिष्ठ कवि कुँवर नारायण के गद्य की यह छठी पुस्तक है। कुँवर नारायण का गद्य हिंदी में इंतज़ार का सबब रहा है। इसकी वजह गद्य-वृत्त में क़ायम वह हिंसक कोलाहल और आपराधिक आपसदारियां हैं, जो विवेक और विश्लेषण का दायरा सीमित करने की कोशिश करती हैं। कुँवर नारायण सरीखे लेखक ने इन जगहों को वसी करने के साथ-साथ साहित्य मात्र के प्रति एक गहरा और स्थायी आकर्षण पैदा किया है। हिंदी में उनका स्वर 'एक ऐसी विनम्रता (का वाहक) है, जो लड़ती नहीं, फिर भी यथार्थ की विसंगत और करुण स्थितियों को हम तक पूरी तीव्रता और तीक्ष्णता में संप्रेषित कर पाती है'।

यह पुस्तक कुँवर नारयण के इस परिचित रुख़ का ही विस्तार है। यहां पठन और स्मरण की निजी कोशिशें हैं। इस निजी हिस्सेदारी में कोई ऐतिहासिकता और योजना नहीं है। पुस्तकों और लेखकों के बारे में ऐसे मूल्यवान इशारे हैं, जो उन्हें एक नई रोशनी में देखने-समझने को उकसाते हैं। इन इशारों में भी कुँवर नारायण अपनी रुचि को अभिप्राय पर हावी नहीं होने देते। जहां ज़रूरत महसूस हुई, अपनी असहमति भी खुलकर ज़ाहिर की है। हां, असहमति का उनका विवेक इन मायनों में बिरल है कि उसमें दीक्षित करने की नहीं, बल्कि उनके प्रिय शब्दों में कहें, तो 'एक ज़्यादा बड़ी दुनिया' की ओर संकेत करने की आकांक्षा है।

इस पुस्तक का बड़ा हिस्सा कुँवर नारायण की अप्रकाशित डायरियों से बना है। पहला हिस्सा स्वभाव में समीक्षात्मक, दूसरा संस्मरणात्मक और तीसरा वक़्त-वक़्त पर लिखी गई टिप्पणियों का है। पुस्तक के लिए इन्हें तैयार करते और तरतीब देते हुए लेखन के स्वभाव का ही ध्यान रखा है, लेखकों की वरीयता का नहीं। चयन, संपादन और नियोजन में अगर कहीं कुँवर नारायण की सौंदर्याभिरुचि से बहुत फ़र्क़ नहीं जा पाया हूं, तो इसके पीछे हिंदी में उनके होने का मुरीद की तरह रहना भी शामिल है।

7 फरवरी, 2014

—अनुराग वत्स

समीक्षा

संस्मरण

टिप्पणी

ग़नीमत है चश्मे-तग़ाफ़ुल भी उनकी
बहुत देखते हैं जो कम देखते हैं
– दाग़ देहलवी

समीक्षा

शमशेर

भाषा को जीवन और रचनाकार बनाते हैं। वैयाकरण और भाषाविज्ञानी उसके नियम बनाते हैं। जीवन और रचनात्मक ऊर्जा इन नियमों को तोड़ते हुए विभिन्न दिशाओं में विकसित होते हैं। इस 'विकास' के नियम अलग और शुद्ध रूप से जैविक हैं। एक कविता के बनने के पीछे ये जैविक नियम ज़्यादा लागू होते हैं, व्याकरण के नियम कम।

साल 2011 शमशेर की जन्मशती है। उनकी कविता पर सोचते हुए यह विचार मन में कई तरह से उठता रहा कि शमशेर ही नहीं, हिंदी कविता के कई महत्त्वपूर्ण कवि ऐसे हैं, जिनकी काव्य-रचना पर भाषायी दृष्टि से नया अध्ययन और विचार-विमर्श अत्यंत आवश्यक है। जिन कवियों के नाम मुझे ज़रूरी लगते हैं, वे हैं अज्ञेय, मुक्तिबोध, भवानी प्रसाद मिश्र, रघुवीर सहाय, विष्णु खरे, मंगलेश डबराल और असद ज़ैदी। इन्होंने अपनी कविता में हिंदी भाषा को अलग-अलग तरीक़े से बरता है। यह लिस्ट और लंबी हो सकती है, लेकिन इन्हें उन उदाहरणों की तरह लिया जा सकता है, जिन्होंने भाषा और कविता के संबंधों को अत्यंत चेतन ढंग से समझकर अपनी रचनाओं में ढाला है।

शमशेर की कविताएं पढ़ते हुए मुझे अक्सर यह लगा है, मानो वह 'भाषा' से 'प्राक्-भाषा' की ओर लौटने की एक लगातार कोशिश है–भाषा में निबद्ध शब्दों के उस उद्गम तक पहुंचने की कोशिश, जहां अभी भाषा का निर्माण नहीं हुआ है। मानो एक बच्चा तमाम स्फुट शब्दों से खेल रहा हो और उनसे किसी तरह वाक्य-सा कुछ बनाने की कोशिश कर रहा हो। कभी कुछ बन जाता है, कभी कुछ टूट-फूट जाता है :

भा वा कु ल
स न्ना टा
ही क वि ता
क्यों चिं त न
दु वि धा क्रां त...
आ त्मा
श ल थ को लू रि ज

(क्ला सि क कवि
ने मि
संयत स्वर
शिल्पी)
देखा है?...

('क्लासिक आग्रह' शीर्षक कविता से)

ऊपर से देखने पर बहुतों को ई ई कमिंग्स की कविताएं याद आ सकती हैं, पर मुझे शमशेर के 'संयत स्वर शिल्पी' शब्दों पर ठहरना ज़रूरी लगता है। यहां से उनकी ही नहीं, अनेक कवियों की कविताओं के 'पाठ' का एक नया संकेत पाया जा सकता है।

भाषा के इस उद्गम तक पहुंचने की कोशिश 'शब्दों' की उस आदिम स्रोतस्विनी 'शक्ति' के स्पर्श की बेचैनी है, जहां से एक अकेली ध्वनि से पूरी भाषा बह निकली होगी। शमशेर की कविताएं इस तरह जाने-अनजाने ही हमारे आदिम उद्वेगों को ऐसे झकझोरती हैं कि उनकी विकासशील संभावनाएं उद्भासित होती हैं– धीरे-धीरे, जैसे एक फूल खिलता है। वह उद्विग्न भी होते हैं, तो कुछ इस तरह :

झुका जो हेमंत का शिर मार
उसको लूट लो...

कम कवियों ने सौंदर्य की इस छिपी हुई शक्ति को इतनी सूक्ष्म अंतर्दृष्टि से देखा है।

शमशेर की काव्य-भाषा की दूसरी विशेषता हिंदी-उर्दू की

निःसंकोच मिलावट में परिलक्षित किया गया है— पर उस कबीरी परंपरा पर अभी बहुत-कुछ कहा जा सकता है, जिसके वह सही मायनों में वारिस हैं। उनकी भाषा में अगर एक ओर सौहार्द की तहज़ीब है, तो दूसरी ओर सामाजिक अन्यायों और पाखंड के ख़िलाफ़ उतनी ही तीव्र प्रतिक्रिया भी। कहीं-न-कहीं हम हिंदी भाषा के विकास में ही एक ख़ास तरह की आपसदारी और समावेशी दृष्टि को काम करते देखते हैं— चाहे वह मूलतः वेदांतिक हो, चाहे सूफ़ी— चाहे दोनों का मिला-जुला रूप।

भारत में सूफ़ी विचारधारा का प्रवेश सामान्यतः 1000 ईसवी, महमूद ग़ज़नवी के आक्रमण, के साथ माना जाता है, लेकिन उसका विकास काल पंद्रहवीं सदी से भक्तिकालीन हिंदी-काव्य के साथ जुड़ा रहा। जो हिंदी आगे विकसित हुई, उसके मूल में जो स्थानीय बोलियां और बाहरी भाषाएं रहीं, उसका स्थायी प्रभाव आज की हिंदी भाषा के स्वभाव पर पड़ा है। उन प्रभावों को अब अलग कर पाना मुश्किल है, क्योंकि संत कवियों की ही तरह सूफ़ियों ने भी अपने विचारों को सब तक पहुंचाने के लिए देश के लोक-साहित्य और लोक-कलाओं को आश्रय बनाया और इसी व्यापक जनाधार और जन-जीवन की नींव पर वे विकसित हुई हैं।

हिंदी भाषा की प्रकृति में ही एक स्वतःनिर्मित (inbuilt) आत्मानुभूति है। कबीर की तरह शमशेर भी इस 'भावना' को अस्वीकार नहीं करते, उसे 'प्रेम' और 'प्रकृति' की उदात्त अनुभूतियों से जोड़ते हैं। दोनों ही के लिए 'सामाजिक' का अर्थ इतनी सूक्ष्म तरह 'मानवीय-न्याय' और नैतिकता के आशयों में निहित है कि उसका थोक और स्थूल अर्थों में भौतिकीकरण और सरलीकरण लगभग असंभव है। शायद कविता के प्रति शमशेर और मुक्तिबोध जैसे कवियों की यही वह मूल प्रतिबद्धता है, जो उनके लेखन के कला पक्ष को नीचे नहीं गिरने देता— 'बात बोलेगी' जैसी एक सरल ताक़त भी मार्मिक गहराई प्राप्त कर लेती है। शमशेर का ध्यान भाषा के तात्कालिक से कहीं अधिक उसकी सार्वकालिक सत्ता पर रहता है, इसीलिए 'काल' से होड़ लेने की बात

को भी वह कविता के स्थायित्व से जोड़कर सोचते हैं, न कि केवल उसके रोज़मर्रा के इस्तेमाल से। वह जीवन-बोध को संकुचित नहीं करते। साधारण जीवन-प्रसंगों को भी एक बड़े परिप्रेक्ष्य में रखकर देखते हैं– सिर्फ़ अपने आसपास नहीं, बल्कि अपने आसपास को भी बहुत दूर तक। दाग़ देहलवी का एक शेर याद आता है :

ग़नीमत है नज़रे-तग़ाफुल भी उनकी
बहुत देखते हैं जो कम देखते हैं

शमशेर की कविताएं, पहले पाठ में ही, फ़ौरन खुद को ज़ाहिर नहीं करतीं, एक रहस्य की तरह धीरे-धीरे खुलती हैं। यह उनकी काव्य-रचना का प्रमुख स्वभाव है, जिसे शमशेर बहुत सावधानी से उस रूप में ढालते हैं, जो उनकी कविताओं की प्रमुख पहचान बन चुकी है। वह सीधे, सपाटबयानी की भाषा नहीं है, एक निगूढ़ शिल्प से प्रेरित अनिवार्य भाषा है।

शमशेर की कविता एक विशिष्ट पाठक वर्ग को आकृष्ट करती है– विशिष्ट 'आभिजात्य' के अर्थ में नहीं, एक व्यापक और सजग जीवन-बोध से संपन्न चेतना के अर्थ में। शमशेर की 'सामाजिक प्रतिबद्धता' की बात विस्तार से होती रही है। इसी तरह मुक्तिबोध की कविताओं पर भी विचार-विमर्श होते रहे हैं। लेकिन जो बात अक्सर छूट जाती है– या छोड़ दी जाती है– वह है, उनका विस्तृत जीवन-बोध, जो केवल सामाजिक यथार्थ के भौतिक पक्ष तक सीमित नहीं, जीवन के गहरे और आत्मीय पक्षों के प्रति भी उतना ही उदार और संवदेनशील बना रहता है। उनकी कविताओं का तीक्ष्ण जीवन-बोध (Ontological Concerns) 'सामाजिक' के अर्थ को केवल किसी आर्थिक-राजनीतिक एजेंडे तक सीमित न रखकर 'मानवता' के उस बृहत्तर आशय से जोड़ता है, जिनसे हर बड़ी कविता उत्प्रेरित होती है। शमशेर का अत्यंत महत्त्वपूर्ण काव्य-संग्रह, 'काल तुझसे होड़ है मेरी' इस तथ्य की ओर ध्यान खींचता है कि समय की जीवन-सापेक्ष चिंताएं हमेशा उनके काव्य-बोध का एक प्रमुख अंग रही हैं।

एक विकसित काव्य-चेतना के लिए 'चेतना' के अर्थ को 'भौतिक' या 'स्थूल' की अपेक्षा गौण रखकर जीवन को सोचना लगभग असंभव रहा है। हमारी चेतना जिसे, और जिस तरह, अनुभव करती है, उसमें वह वस्तु-जगत् नहीं, बल्कि वह चेतना प्रमुख है, जो वस्तु-जगत्, या बाह्य यथार्थ को सत्ता देती है। काव्य-रचना में भी इस चेतन-तत्त्व की प्रमुख भूमिका रहती है। एक 'अर्थशास्त्री' या 'राजनीतिज्ञ' जिस तरह 'समाज' और 'जनता' को बिल्कुल थोक भौतिक यथार्थ की तरह सोच सकता है, एक कवि या कलाकार के लिए उस तरह सोचना लगभग असंभव है। एक बड़ी काव्य-रचना हमें कुछ इस तरह आत्म-सजग बनाती है कि उससे 'निजी' का वृहत् में चिंतन-विस्तार होता है। हम दूसरों के सुख-दुख को भी अपने-सा अनुभव कर पाते हैं। कविता का 'स्व' (स्वानुभूति) पदार्थ तक सीमित और एक-दिशात्मक नहीं होता, चेतना की तरह बहुमुखी और सर्वद्रष्टा होता है। काव्य की सैद्धांतिकी पर विस्तार से विचार-विमर्श होता रहा है। इसी तरह जीवशास्त्र, भौतिकशास्त्र, अर्थशास्त्र और राजनीति के सिद्धांतों पर भी। लेकिन जिस तरह एक विषय अथवा विधा की सैद्धांतिकी से दूसरे अनुशासनों को नहीं समझा जा सकता– भले ही उनके प्रच्छन्न प्रभाव एक-दूसरे पर पड़ते रहे हों– वैसे ही काव्य-रचना के अपने स्वतंत्र नियम और ज़रूरतें हैं।

अज्ञेय, शमशेर या मुक्तिबोध जैसे किसी भी बड़े कवि पर विचार करते समय यह समझ सर्वोपरि रहनी चाहिए कि वे प्रमुखतः कवि/साहित्यकार हैं– किसी ख़ास अन्य विषय के प्रवक्ता नहीं। इससे उनके समस्त साहित्यिक अनुदान को समझने और उसके सही मूल्यांकन में मदद मिलेगी तथा कवि-विशेष के साथ बेहतर न्याय हो सकेगा। शमशेर अपनी सामाजिक प्रतिबद्धताओं से ज़्यादा बड़े कवि थे : केवल अपनी सामाजिक प्रतिबद्धताओं के कारण बड़े कवि नहीं थे– यद्यपि वह भी उनके बड़प्पन का एक प्रमुख हिस्सा था।

शमशेर को समझने के लिए (और ख़ासकर उनकी सामाजिक

प्रतिबद्धता को) उनके समस्त जीवन-बोध और विश्व-दृष्टि के अध्ययन को पहले समझना ज़रूरी है। तब हम उनके सामाजिक सरोकारों को भी बृहत्तर मानवीय संदर्भ में रखकर उनके महत्त्व को दूर तक समझ सकेंगे। यह ज़रूरत सिर्फ़ शमशेर को ही समझने के लिए नहीं, बल्कि कविता के उस पूरे परिदृश्य की समझ बनाने के लिए है, जो उसे आज के सभ्य समाज में भी प्रासंगिक बनाता है। उसका मूल दबाव इस पर होगा कि एक कवि का कृतित्व व्यापक जनहित या लोक कल्याण के अर्थ को सामाजिक, 'सार्वभौमिक' और 'निजी' स्तरों पर कितना विस्तृत और समृद्ध कर पाता है।

आज समाज बदल चुका है : बाज़ार और उपभोग की वस्तुएं उसकी चेतना और आकांक्षाओं में रच बस गए हैं। उपभोक्तावादी जीवन, व्यापारिक मानसिकता, पर्यावरण आदि का मानचित्र विचारों के केंद्र में है। शमशेर पर पुनर्विचार का एक सार्थक और दिलचस्प तरीक़ा यह भी हो सकता है कि हम जांचें कि शमशेर की कविताएं इन नए संदर्भों में कहां तक जायज़ ठहरती हैं?

(शमशेर बहादुर सिंह की कविताएं पढ़ते हुए)

केदारनाथ सिंह

केदारनाथ सिंह के काव्य-संग्रह 'तालस्ताय और साइकिल' का शीर्षक हमें चौंकाता है। संग्रह की अनेक कविताएं हमें चौंकाती हैं। चौंकाने के मनोवैज्ञानिक असर, भाषा-वैज्ञानिक शिल्प, और वाक्-चातुर्य को कवि प्रभावशाली ढंग से इस्तेमाल करता है लेकिन सिर्फ़ चौंकाने के लिए नहीं, हमारा ध्यान आकृष्ट करने के लिए। हम आकृष्ट भी होते हैं, और कवि के साथ उसकी कविताओं के एक ऐसे रहस्यलोक में जा पहुंचते हैं, जहां कुछ भी अपरिचित नहीं, लेकिन जहां बहुत ही कम ऐसी वस्तुएं, जगहें और लोग हैं, जिनके संबंधों में एक अजूबापन न हो– जैसे तालस्ताय और साइकिल। केदार की कविताओं की कॉलोनी में और आगे बढ़ने से पहले गेट पर ही मिल गए तालस्ताय और उनकी साइकिल के रहस्य की थोड़ी पड़ताल बेजा नहीं होगी।

तालस्ताय के ज़माने में साइकिल एक नया तकनीकी आविष्कार था। तालस्ताय को उसने लुभाया, जैसे आज तमाम नए-नए तकनीकी आविष्कार हमें लुभा रहे हैं। हम उनसे चमत्कृत होते हैं। बिना इस ओर ध्यान दिए कि इस अंधाधुंध तकनीकी प्रगति का हमारे जीवन और प्रकृति पर क्या भला-बुरा दूरगामी असर हो रहा है, या हो सकता है। जो अस्पष्ट है, उसे केदार की कविता भी अस्पष्ट ही रखती है। नौसिखिया तालस्ताय को और उनके ज़माने को पीछे छोड़ती हुई साइकिल आगे बढ़ जाती है :

...तालस्ताय गिर सकते थे साइकिल से
साइकिल सीखते हुए

यास्नाया पीलियाना की उस कच्ची सड़क पर
उस दिन जो साइकिल ने
धूल झाड़कर इतिहास में प्रवेश किया
तो जैसे आज तक
हर आदमी के पीछे-पीछे घंटी बजाती हुई
उससे बाहर निकलने का
रास्ता खोज रही है...

पूरी कविता सहज बिंबों, सहज स्थितियों, परिचित वस्तुओं और एक विख्यात व्यक्तित्व से निर्मित है। भाषायी स्तर पर कहीं कोई कठिनाई उत्पन्न नहीं होती। किसी भी भाषा में इस कविता का अनुवाद आसानी से किया जा सकता है, क्योंकि शब्दों और मुहावरों के मामले में यह कविता हिंदी भाषा की अंदरूनी जटिलताओं और किताबीपन से अपने को दूर रखते हुए रोज़मर्रा की इस्तेमाली भाषा में अपने को व्यक्त करती है। थोड़ी दिक़्क़त तब आती है, जब हम कविताओं द्वारा कवि की मंशा तक पहुंचना चाहते हैं : अधिक प्रचलित मुहावरे में कहें, तो जब हम कविता के कथन या विचार-वस्तु को जानना चाहते हैं, तब एक अनिश्चितता कविता के पूरे चरित्र को एक रहस्य में बदल देती है। इस रहस्य का अ-ठोस कवित्व हमें एक दूसरे तरह के अमूर्तन में ले जाता है– जब साइकिल जैसी कोई ठोस 'वस्तु' समय (इतिहास) जैसी किसी अवधारणा में अचानक प्रवेश करती है, तो यह 'अचानक' चौंकाने के साथ-साथ हमारी उत्सुकता को भी जगाता है। इस सम्मिलन की व्याख्या में कवि हमारे साथ नहीं होता। एक त्रिकोण बनता है– मनुष्य (तालस्ताय), साइकिल (यांत्रिक प्रगति) और इतिहास (या ऐतिहासिक) के बिंदुओं को ढीले तौर पर जोड़ता हुआ। व्याख्या बहुत-कुछ इस पर निर्भर है कि पाठक के सोच का दबाव किस बिंदु पर अधिक पड़ता है।

शायद कुछ दशक पहले के केदार इस तरह के दबाव-बिंदुओं को इस तरह खुला न छोड़ते! मनुष्य, यांत्रिकता और ख़ासकर इतिहास को लेकर तब उनकी मंशा को पढ़ना ज़्यादा आसान होता, क्योंकि तब

उनके सोच के दबाव-बिंदु संभवतः अधिक ठोस और आग्रही होते– व्यक्ति, सामाजिक-आर्थिक और प्रगति की द्वंद्वमूलक ऐतिहासिक अवधारणाओं पर आधारित। उन आग्रहों या पूर्वग्रहों का आभास उनके बिंब-विधान और वस्तुगतता में आज भी मौजूद है, लेकिन उसकी सैद्धांतिक जकड़ इस हद तक उदार ज़रूर हुई है कि एक ज़्यादा बड़ी दुनिया उनकी इधर की कविताओं में प्रतिबिंबित हुई है, जिसकी शुरुआत उनके 'बाघ' से ही हो चुकी थी। कुछ ख़ास बिंब, छवियां और ध्वनियां हैं, जिनके माध्यम से केदार अपनी बात कहना हमेशा पसंद करते रहे हैं– मोटे तौर पर जिन्हें 'ज़मीनी', 'दैनिक', 'श्रमिक' जैसे हक़ीकी शब्दों या शब्दों-पदों के पास-पड़ोस का माना जाता है, अब भी उनकी कविताओं में अलग से चमकते हैं :

मैं उनकी तरफ़ से बोल रहा हूं
जो चले गए हैं काम पर...

... ...
कि मैं सबकी ओर से बोलता हूं

... ...
पर मेरे नेक निर्माता ने
मुझे दी नहीं अनुमति
कि कभी बोल सकूं अपनी तरफ़ से

बढ़ई, मेमार, कारीगर, कुम्हार आदि की अनेक झलकें केदार की कविताओं में आती रहती हैं, जिनसे वह अपनी कविताओं का स्थापत्य रचते हैं।

केदार अपने पास-पड़ोस की दुनिया से जब बाहर भी निकलते हैं, तो उस बुनियादी संवेदना से नाता बनाए रखते हैं, जिसकी जड़ें उनके शहरी अनुभवों और ज़्यादा गहरी जड़ें उनके गांव, परिवार और बोलचाल की भाषा में है। एक ज़माने में केदार ने गांव के जीवन और ऋतुओं से संबंधित बेहतरीन गीत लिखे थे : इस संग्रह में भी 'मोड़ पर विदाई' कविता में उसकी भूली-बिसरी यादों का आभास होता है। यह भावभूमि

बदलती रही है, पर 'गांव लौटने' की बुनियादी ललक की तरह कभी पूरी तरह छूटी नहीं : उस पानी-माटी की गंध को केदार ने अपनी कविताओं में तरह-तरह से बचाया और संजोए रखा है। भले ही वह भाव अब इस रूप में आए :

देखो न इन पक्षियों को– दुनिया में कितनी कम जगह
घेरते हैं वे– शायद उससे भी कम
जितना उनके नाम घेरते हैं शब्दकोश में...

'त्रिनिदाद', 'बर्लिन की टूटी दीवार को देखकर' एक भारतीय मन की प्रतिक्रियाएं विदेशी ज़मीन पर भी देशी ताने-बाने में साफ़ अपनी पहचान बनाती हैं, उस समय भी, जब उनके बिंब एक अन्य परदेशी समय में उड़ते हैं :

वहां बाहर
मेरी खिड़की से दिखते हैं
दो वायुयान जैसे दो कबूतर

दो महायुद्ध– वहां बेंच पर बैठे
वृद्धों की स्मृति में ठांय-ठांय करते हुए
एक ताज़ा चुंबन किन्हीं होंठों से गिरकर
वहां घास पर पड़ा हुआ

केदार की कविताओं में अर्थ 'बोलते' या 'घोषित' नहीं होते, 'ध्वनित' होते हैं – भाषा में उसी तरह झंकृत होते हैं, जैसे वाद्य पर एक राग 'बजता' है। बोलरहित संगीत की तरह एक जाने-पहचाने राग के आलाप और तान। संगीत की उपमा सोद्देश्य है। पुराने राग के सरगम को बरक़रार रखते हुए वाद्यकार जिस तरह अपनी प्रस्तुतियों में कोई नई बात पैदा करता है, केदार कुछ-कुछ उसी तरह अपने बुनियादी यक़ीनों को नई तरह झंकृत करते हैं। इस उपक्रम में भाषा के पलटे, उपज, लयकारी, फिरत वगैरह का काम अपनी तरह रोचक आकर्षण का समा बांधता है। पाठक एक भावक की तरह विभोर होता है– एक पूर्व-परिचित राग की कुशल अवधारणा पर। वह कविताओं से प्रभावित

होता है : जगह-जगह कविताएं अपनी तरह हमें बेचैन भी करती हैं, लेकिन उन चुनौतियों से हमारा सामना कम ही कराती हैं, जिनके पीछे एक जटिल और क्रूर विश्वगति है। केदार के पास वह सारी तैयारी है, जो जीवन को एक से अधिक दृष्टियों से देख सकने में सक्षम है, लेकिन उनकी कविता दुविधाओं और मुश्किलों की कविता नहीं है। उसमें भटकनें नहीं हैं। लक्ष्य निश्चित रहता है, भले ही उस तक वह हमें घुमावदार रास्तों से ले जाएं, एक जाने-माने गाइड की तरह।

श्रेष्ठ कविता रिवाज़ी क़िस्म की समीक्षा को बिल्कुल सह नहीं पाती है, उसे तत्काल ख़ारिज कर देती है! केदार पर काफ़ी लिखा जाता रहा है, लेकिन उनकी कविताओं का और धीर-विश्लेषण और गहन अध्ययन ज़रूरी है। मुक्तिबोध और शमशेर की ही तरह केदार भी, अपनी सारी प्रतिबद्धता के बावजूद, कविता की बुनियादी ज़रूरतों के साथ समझौता नहीं कर पाते। बीसवीं सदी की विश्व-कविता भाषा और शिल्प के मामले में मुख्यतः प्रयोगधर्मी रही है, उसका कथ्य जो भी रहा हो। आधुनिक का एक प्रमुख अर्थ इस प्रयोगधर्मिता के साथ जुड़ा रहा है। इस प्रायोगिक पक्ष को लगभग सार्वभौमिक मान्यता मिली। फ़र्क़ उस जीवन-वस्तु और विचार-वस्तु में चुनाव के स्तर पर पड़ा, जिन्हें कुछ ख़ास मुद्दों में सीमित कर दिया गया। ये मुद्दे सही थे। इनकी प्राथमिकताएं भी सही थीं। लेकिन, इनके विरुद्ध रखकर, संपूर्ण जीवन-यथार्थ से जुड़े दूसरे कई सवालों की उपेक्षा अनुचित थी। इससे 'कविता-दृष्टि' और 'जीवन-दृष्टि', दोनों संकुचित हुए। 'सामाजिक यथार्थ' के पूरे अर्थ को 'आर्थिक और राजनीतिक' अर्थों में सीमित करके सोचा जाना कविता के लिए एक संकट की स्थिति भी थी। जीवन और भाषा की समग्रता से 'निर्वासित' हो जाने वाली स्थिति। काव्य-चेतना समावेशी, समग्र और सामाजिक/सामूहिक चेतना से सीधा और अंतरंग संवाद है। वह केवल समाज की भौतिक स्थिति का विवरण नहीं है। इसलिए, विषम समयों में कविता की चुप्पी भी एक चीत्कार की तरह ध्वनित होती रही है। यह चुप्पी केवल कविता की चुप्पी नहीं,

एक सामाजिक चेतना की घुटनभरी चीख़ है। अपने देश में 'इमरजेंसी' के दौरान हमने इसे सुना। इसी तरह द्वितीय महायुद्ध के दुर्दिनों में यूरोपीय कविता लगभग भूमिगत और निर्वासित हो गई थी। अनेक बड़े कवियों और लेखकों ने महसूस किया कि बेशर्म अनाचार ने उस मानवीय भाषा को ही भ्रष्ट कर दिया था, जिसमें ईमानदार कविता संभव हो पाती है। युद्ध के बाद उनके लिए बड़ी चुनौती भाषा की खोई अस्मिता को फिर से स्थापित कर पाना था।

केदार का कवि, भाषा के प्रति इस बुनियादी ज़िम्मेदारी को लेकर हमेशा सावधान रहा है कि उसकी विश्वसनीयता अक्षुण्ण रहे। यद्यपि उनकी कविताओं में वैचारिक द्वंद्व, आंतरिक उलझनें, शंकाएं, ऊहापोह आदि कम हैं, पर अपनी बात को सहूलियत, घनिष्ठता और कलापूर्ण ढंग से रख पाना उनके काव्य-शिल्प की असली ताक़त है। उनके पूर्व-प्रकाशित 'बाघ' कविता की पंक्तियां याद आती हैं :

बाहर सुनाई पड़ी
गुर्राने की आवाज़
वैयाकरण ऋषि के लिए
यह एक बिल्कुल नई समस्या थी
क्योंकि उनकी स्मृति में जितने भी सूत्र थे
उनमें से किसी में भी वह आवाज़
अंटती ही नहीं थी!

... ...

इसके बाद क्या हुआ
जनश्रुति यहां चुप है
पर उसमें एक बड़ा-सा छेद है
जहां से एक तेज़ गुर्राहट के
भाषा की उस कुटी में धीरे-धीरे डूबने की आवाज़
देर तक सुनाई पड़ती है...

'भाषा की कुटी में एक तेज़ गुर्राहट के डूबने की आवाज़'– केदार की कविता भी शायद इस ऋषि-भाव का सबसे अच्छा उदाहरण है।

केदार की कविताओं में सरलीकरण नहीं है– उन्होंने 'आदमी' या आदमियत' के अर्थ का 'आम आदमी' में सामान्यीकरण न करके साधारण की गरिमा को ऊंचा उठाने की कोशिश की है, क्योंकि उन्होंने निजी अनुभवों की प्रामाणिकता को बराबर केंद्र में रखा है– उसी तरह जैसे उनके गीतों में भी 'निजी' की यह पहचान पारंपरिकता में धूमिल नहीं होने पाती। सच पूछा जाए तो किसी भी सचेत कवि की तरह केदार 'निजी' और 'गैर' के इस द्वंद्व में ही पड़ते नज़र नहीं आते कि वे विरोधी सचाइयां हैं।

दूसरी बात, केदार की निगाहों में अब तालस्ताय हैं– काउंट लीओ तालस्ताय नहीं– एक साधारण आदमी, बग्घी पर नहीं, औद्योगिक युग की सबसे जनतांत्रिक मशीन पर सवार– बीसवीं सदी में प्रवेश करता हुआ। केदार जब गोर्की या शोलोखोव पर निगाह टिकाए बिना तालस्ताय की ओर बढ़ जाते हैं, तो लगता है कि शायद वह साहित्य की एक ज़्यादा बड़ी दुनिया को खोज रहे हैं।

(केदारनाथ सिंह की कविता-पुस्तक 'तालस्ताय और साइकिल' पढ़ते हुए)

विष्णु खरे

विष्णु खरे की कविताएं हिंदी भाषा के सामर्थ्य को कई तरह के विषयों में ले जाकर विस्तृत और स्थित करती हैं। उनमें महाभारत से आज के यथार्थ का वृहत् वितान बनता है। वाक्य-विन्यास में यदि शाब्दिक लाघव है, तो शब्दों में भाषायी अर्थ-गहनता। दोनों पर अद्भुत पकड़ और चुस्त अंतर्गतियां हैं : ठहरी गहराइयां हैं तो पांव उखाड़ देने वाला प्रवाह भी। कविताएं किसी एक जगह देर तक न ठहरती हैं, न ठहरने देती हैं– तब भी नहीं, जब महाभारत के प्रसंगों को संदर्भ बनाकर लिखी गई कविताओं का संवादी-विवरण एक घटना-विशेष को केंद्र में रखता है– मानो खरे भाषा की एक फील्ड बनाते हैं, जिसमें एक तेज़ खेल लगातार चलता रहता है। वह भाषा को उसके सीमांत तक ले जाकर फैलाते हैं। चाहे वह 'रुदन', 'एकांत' और 'स्मरण' की भाषा हो, चाहे 'अंतिम आदमी' और 'अंधी घाटी' की भाषा। भाषा की चाक्षुष और काल्पनिक क्षमता और बेरोक आवाज़ ही कविताओं को लगभग एक डाक्यूमेंट्री की तरह प्रत्यक्ष कर देती हैं। कहीं यह आभास भी होता है कि कई प्रसंगों में ज़रूरत से ज़्यादा 'सामग्री' (property) खर्च कर दी गई है और उनकी कविता 'सांकेतिकता' की कला न होकर प्रगल्भता (profusion) की कला है।

यह दोष नहीं है। उनकी कुछ कविताओं में यथार्थ की ठसाठस कुछ-कुछ उसी तरह है, जैसे किसी दैनिक अखबार का पहला पेज। लेकिन इसमें भी कविता के मूलार्थ को बचाए रख पाना उनकी कला का परोक्ष आयाम है।

खरे की कविता के दो स्पष्ट ध्रुवांत बनते हैं। एक तो उस प्रकार की कविताएं हैं, जो मौजूदा यथार्थ की भीड़ में कंधे रगड़ती हुई चलती हैं; दूसरी वे कविताएं, जो हमें अनुभवों की अधिक अमूर्त शक्तियों का एहसास कराती हैं। दोनों के बीच फ़ासले हैं, किंतु विरोध नहीं– यह आभास उनके काव्य-बोध को एक जटिल संगति देता है और अनुभूतियों के एक ज़्यादा बड़े क्षितिज की पहचान कराता है।

पाठांतर

विष्णु खरे की कविताओं में वाक्य-संरचना का खास महत्त्व है। उनकी कविताएं वाक्यों के बीहड़ रास्तों की भूल-भुलैया से होती हुई गुज़रती हैं– पूरी तरह आंखें खोले हुए। उनके लिए किनारे के दृश्य भी उतने ही महत्त्वपूर्ण हैं, जितना वह अदृश्य गंतव्य या नतीजा, जहां वे पहुंचाती हैं। कविता में वाक्य-रचना की स्थिति और क्राफ़्ट (शिल्प) पर कम विचार हुआ है; उसके अन्य अवयवों, जैसे– शब्द की महत्ता को, उसकी ध्वनियों और अंतर्ध्वनियों में छंद-रहित या मुक्त कविता को एक नया सैद्धांतिक आधार मिला था। लेकिन, जैसा कि हाल के कुछ समीक्षकों ने परिलक्षित किया है, वाल्ट ह्विटमैन या कार्लोस विलियम्स के काव्य-शिल्प में वाक्य-रचना को आधार बनाने से शायद अधिक सार्थक अध्ययनों के रास्ते खुलते हैं।

हिंदी में हमारा ध्यान अनायास मुक्तिबोध और रघुवीर सहाय की ओर जाता है। दोनों ही के काव्य-शिल्प में वाक्य-रचना का अतिरिक्त महत्त्व दिखाई देता है– लेकिन दोनों की काव्यात्मक परिणति में पर्याप्त और बुनियादी अंतर है। रघुवीर सहाय में तत्काल विसंगतियों की तरह वाक्य अथवा वाक्यांश एक-दूसरे में उलझे हुए हैं। मुक्तिबोध में वे घुमावदार और लंबे हैं तथा 'घुटन' से 'खुले' में भी निकलते हुए।

विष्णु खरे की कविताएं एक ओर जहां हमें मौजूदा यथार्थ के दमघोंटू गली-कूचों में ले जाती हैं, वहीं दूसरी ओर उनसे निस्तार की आशा को भी यत्न से बचाए रखती हैं– एक मूल्यवान जिजीविषा की

तरह। खासतौर से 'पाठांतर' की पहली कविता 'चोर सिपाही' की ओर ध्यान खींचना चाहूंगा। 'चोर सिपाही' के खेल के रूपक में एक सामाजिक नैतिक ईमानदारी की त्रासदी का यह निरीह-सा अंत एक भयानक विडंबना को छूता है :

अपनी सिपाही वाली नाकामयाब काठ की पिस्तौल सौंपते हुए
याद आया कि अपने मातृहीन घर के काम की जवाबदेही
आज शाम मेरी थी
चूल्हा सुलगना तो दूर
खुले बरामदे में भी अब तक अंधेरा हो चुका होगा
जहां बैठा होगा मेरा कुसूर मेरी बाट जोहता हुआ

विष्णु खरे की अनेक कविताओं की तरह इस कविता की 'नाटकीयता' एक तरह के संवादी वाक्य-रचना को आधार बनाती है। वह हमें कल्पना के लिए 'शब्द' नहीं देती, एक-दूसरे में गुंथे हुए वाक्यों से बनी एक ऐसी 'स्थति' देती है, जिसमें– वाक्यों की ही तरह– कई स्थितियां, पात्र और घटनाएं गुंथे हुए हैं। कविता में कथोपकथन-शैली की तत्परता है, कल्पना-उत्प्रेरक शब्दों का संयोजन नहीं।

Narration या वर्णन-विवरण की अनेक विधियों को विष्णु खरे ने अपनी कविताओं में कई तरह से इस्तेमाल किया है– इस बात को सही तरीक़े से लक्षित किया जाना चाहिए। एक अनोखा प्रयोग उनकी मिथकीय और ऐतिहासिक कविताओं में देखा जा सकता है। 'महाभारत' प्रसंग में रिपोर्ताज शैली का इस्तेमाल कविता, मिथक और मौजूदा यथार्थ को एक दुर्लभ त्रिकोणात्मक तनाव देता है। 'महाभारत' के महाकाव्यात्मक तत्त्व को सावधानी से विवरणात्मक वाक्यों– यहां तक कि आंकड़ों को भी उसमें शामिल करते हुए– एक आधुनिक रिपोर्ताज और अखबारी किस्म की प्रासंगिकता दी गई है। युद्ध-प्रसंग पृष्ठभूमि में रहता है : उसकी पूरी विभीषिका एक ठंडे मीडियाई विवरण की तटस्थता में व्यंजित होता है, जो हमें अनायास 'खाड़ी-युद्ध', 'इराक-युद्ध' और 'अफगान-युद्ध' की याद दिलाता है।

खरे की कविताओं को गद्य-पद्य के द्वंद्वात्मक तरीक़ों में सरलीकृत न करके इस रचनात्मक कोशिश के रूप में जांचना-परखना चाहिए कि वे किस हद तक वाक्यों में कविता के पुनर्वास को न केवल संभव, बल्कि प्रभावी बनाती हैं। ऐसा नहीं कि खरे के पास पारंपरिक काव्य-गुणों का अभाव है (उनकी छोटी कविताएं, जैसे– 'एकांत', 'स्मरण', 'डरो' में इसका सफल निषेध है।) लेकिन अपनी अपेक्षाकृत लंबी कविताओं में जब वह यथार्थ को रेखांकित करना चाहते हैं, तो शायद शब्दों की कल्पना-प्रवरता को जान-बूझकर अवरुद्ध करते हैं। यहां तक कि वह दारुण यथार्थ के विवरणों से उपजने वाली प्रतिक्रियाओं को भी आत्मदया और भावुकता से मोड़कर गहरे सोच के क्षेत्र में उत्तेजित रखना चाहते हैं।

उनकी कविता 'पाठांतर' का अतिपाठ या ग़लत पाठ का ख़तरा उठाते हुए भी कुछ बातों की ओर ध्यान खींचना चाहूंगा। कविता का अंत इन पंक्तियों से होता है :

...किसी उपयुक्त शब्द के अभाव में
परंपरा स्मृति इतिहास आदि के
विचित्र किंतु अपर्याप्त बल्कि कभी-कभी शायद नितांत भ्रामक
नामों से पुकारा जाता है

इससे पूर्व पंक्तियों का लहजा बिल्कुल रोज़मर्राई बोलचाल की भाषा में है, जिनमें अंतिम पंक्तियों के शब्द 'परंपरा', 'स्मृति', 'इतिहास' विजातीय से लगते हैं। आज के बड़े-बूढ़े, बुजुर्ग, नौजवान जिसे बिल्कुल व्यावहारिक भाषा में जानना चाहते हैं, मानो उस ज्ञान की शब्दावली की प्रजाति ही लुप्त होने की कगार पर हो। खरे की चिंताओं में यह अंदेशा केवल शाब्दिक या भाषिक नहीं है– वास्तविक है, अपने सबसे दैनिक और व्यावहारिक अर्थों में उस आपसी संप्रेषणीयता का अवमूल्यन, जैसे एक ऐसे पर्यावरण का प्रदूषण, जिसकी रक्षा में ही हमारी स्वरक्षा है। जो बात खरे की कविताएं अत्यंत दबी ज़बान में कहती हैं, कभी-कभी लगता वे ही एक लंबे बड़बड़ाते यथार्थ की दम तोड़ती सचाइयां हैं।

उनकी कविताएं हमें सुखद सपने नहीं दिखातीं, एक दुःस्वप्न से भी ज़्यादा तीखे यथार्थ से सामना कराती हैं। शायद इन कविताओं का सबसे क़ीमती अनुभव उनका लालित्य नहीं, वह बेचैनी है, जो हमें बुद्धि और मन के कई स्तरों पर उद्वेलित करती हैं।

(विष्णु खरे की कविता-पुस्तकें 'लालटेन जलाना' और 'पाठांतर' पढ़ते हुए)

कमलेश

बहुत दिनों बाद कमलेश की कविताएं पढ़ने को मिलीं तो कुछ खोए हुए क़ीमती को फिर से पा जाने की-सी ख़ुशी हुई। 'जरत्कारु' के कवि की याद कभी भी पुरानी नहीं हुई थी। 'खुले में आवास' मानो सहज ही उसी कड़ी में जुड़ गया– उसे और भी ताज़ा बनाते हुए।

आज की कविता, बल्कि किसी भी कविता, को सोचने-समझने के लिए पाठक को अपनी ओर से भी बहुत-कुछ जोड़ना पड़ता है। यह बात कमलेश की कविताओं के बारे में कुछ ज़्यादा दूर तक सही जान पड़ती है और यह उनकी कविताओं की संरचना का एक निहितार्थ भी है। सब कुछ हमारी आंखों के सामने ही नहीं हो रहा है– बहुत-कुछ नेपथ्य में भी चल रहा है। जो सब पर्दे के पीछे हो रहा है, वह केवल 'विधि का विधान' नहीं, उसमें ज़्यादा शायद आदमी के बनाए हालात हैं :

देखते, बांचते अमिट लकीरें विधि के विधान की
अपने सगों को कुसमय पहुंचाकर नदी के घाट पर
टूट चुके हैं रिश्ते सब, पता लग जाए उसे
नसों में उभर रही दर्द की सारी गांठें।
अच्छा हो आदमी बिखेर दे पोटली अपने भरम की।

कमलेश की कविताएं पाठक की भागीदारी को अत्यंत विनम्रता से आमंत्रित करती हैं– अक्सर इतने धीमे स्वर में कि यदि हम अतिरिक्त सावधान नहीं हैं, तो हो सकता है, वह आवाज़ सुनाई ही न दे।

अगर एक पुरानी उक्ति को दोहराएं कि 'जीवन एक नाटक है' तो कह सकते हैं कि कमलेश उसके कुछ अंशों को बिल्कुल ब्रेष्टियन ढंग

से पेश करते हैं– उन्हें 'खेलते' हुए भी और खेल को पूरी सतर्कता से 'देखते' हुए भी। दृश्य और अदृश्य के बीच एक दोहरा परिप्रेक्ष्य बनाते हुए वह उसकी बुनियादी विडंबना तक पहुंचना चाहते हैं।

नील में बाढ़ से पूरा मिस्र डूबा है

... ...

तय हुई तारीख़ नद के बांधने की।

... ...

अल हक़ीम नक़ल उतारते पवित्र किताब की

... ...

गिन रहे तारीख़
नद को बांधने की।

... ...

इसी तारीख़ को

... ...

नील में शैतान को दहाड़ना था!

('तारीख़' शीर्षक कविता से)

एक ऐतिहासिक कहानी या घटना को नाटकीय ढंग से प्रस्तुत करते हुए कमलेश उसकी बुनियादी विडंबना को एक दर्शक की विचारशील दृष्टि से देखते हैं, उस समय और इस समय के अंतराल को क्षणों में लांघते हुए।

कमलेश जितना कम बोलते और मिलते हैं, उतना ही कम लिखते हैं। उनका 'जरत्कारु' कविता-संग्रह सत्रह वर्ष पहले निकला था : 'खुले में आवास' में संकलित कविताएं 1968 से 1985 के बीच की कविताएं हैं। ये पुरानी कविताएं नहीं हैं, पुराने से एक नया संबंध बनाए हुए और बनाती हुई कविताएं हैं। वह पुराने को भी नई संचेतना से याद करती हुई कविताएं हैं।

नए संग्रह की कविताओं में सबसे पहले कमलेश की कविताओं के स्थापत्य की ओर ध्यान खींचती हैं। कविता में 'प्रवेश' और 'निकास'

रहस्यमय न होते हुए भी निगूढ़ होता है। उसके परिसर में घूमते हुए हम उनकी कविता से परिचित होते हैं। एक आवास जैसे खुलेपन को घेरता है, एक खुलापन– कमलेश की कविता में– उसे घेरने की बजाय उसमें प्रवेश करता है। अपने को आवासित करता है, स्वभाव की तरह। भाषा में कविता का पुनर्वास कुछ-कुछ उसी तरह होता है, जैसे शब्द में अर्थ का पुनर्वास होता है :

जो समझा जा रहा है
वह भी उन शब्दों की प्रामाणिक नाप-जोख से
कुछ ज़्यादा है, कुछ-न-कुछ
जुड़ता जाता है समझने की कोशिश में
पर 'वह' वह नहीं है
जो इनकी गोलाई में सीमाबद्ध है।

'समझने की कोशिश में कुछ-न-कुछ जुड़ते जाना' कमलेश की कविताओं के एक महत्त्वपूर्ण पक्ष को व्यंजित करता है। कविता में प्रवेश के बाद शुरू होता है कविता से एक संवाद :

वहां उस खुले में ही तुम्हारा घर है
... ...
खुले के हर ओर फैला महावन है
... ...
खुला अभी बचा है वन के फैलाव से
धरती पर कच्छप पीठ-सा उठा हुआ

कमलेश की कविताओं में शब्दों से यह संवाद बहुआयामी संदर्भों से संपन्न है। कुछ लोग जानते हैं कि कमलेश एक अच्छे कवि के साथ-साथ ही बहुत अच्छे पाठक भी हैं और पुस्तक-ज्ञान से भी उनकी कविताओं का एक अतिरिक्त आयाम बनता है। इसमें ऐतिहासिक और मिथकीय स्मृतियां हैं। ये स्मृतियां वैश्विक हैं, केवल भारतीय नहीं। (संग्रह 'खुले में आवास' में भी नेरुदा के काव्य Residence on Earth की हल्की-सी झंकार ध्वनित होती है।)

कमलेश की बुनियादी संवेदनाएं समाजवादी रही हैं, अत्यंत उदार अर्थों में, जिन अर्थों में रघुवीर सहाय और विजयदेव नारायण साही की कविताओं को पहचाना जा सकता है। वह समाज की बेहतरी को यांत्रिक ढंग से नहीं सोचते, न्यायिक और मानवीय ढंग से सोचते हैं। कमलेश की कविताओं के स्वभाव में हम समाजवाद के उस सांस्कृतिक रूप को देखते हैं, जो डॉ. लोहिया, आचार्य नरेन्द्र देव आदि के चिंतन में प्रकट हो रहा था। हिंदी साहित्य में वह छोटा-सा किंतु प्रभावी ग्रुप था, जो बदरी विशाल पित्ती की 'कल्पना' पत्रिका के इर्द-गिर्द सक्रिय था। उसने भारतीय परंपरा को आमूल खारिज न करके उसकी उदार वैचारिक परंपरा का पुनर्मूल्यांकन करने की कोशिश की। मिथकों को भारतीय मन से जुड़ने का माध्यम बनाया। कमलेश के 'जरात्कारु' में ही नहीं 'खुले में आवास' में भी वह मानसिकता बरक़रार है। प्रकृति संबंधी तथा निजी भावों में संपन्न कविताएं जीवन में केवल संघर्ष नहीं देखतीं, मानवीय आपसदारी की सचाइयों का स्पर्श भी करती हैं।

'खुले में आवास' की कविताएं पांच खंडों में संगृहीत हैं– 'ऋतु भर', 'जानती हैं औरतें', 'हालत वतन की', 'क्रांति की प्रतीक्षा', 'खुले में आवास', जिनसे जीवन के बारे में कमलेश के व्यापाक सरोकारों का संकेत मिलता है। उनकी कविताएं प्रकृति, मानव-जीवन, राजनीति और निजी अनुभवों के ख़ासे बड़े क्षेत्र में विचरण करती हैं और हर क्षेत्र में अपनी एक विशिष्ट छाप छोड़ती हैं। यदि मुझे उनकी राजनीति संबंधी कविताओं की अपेक्षा उनकी इतिहास, विचार, आत्म-चिंतन और प्रेम-प्रकृति संबंधी कविताएं अधिक जानदार लगती हैं, तो यह मेरी अपनी रुचियों का सवाल भी हो सकता है। लेकिन, आमतौर पर मुझे ऐसा लगा कि कवि कमलेश 'खुले में आवास' के ज़्यादा प्रामाणिक 'निवासी' हैं।

विचारशील कमलेश अपनी कविताओं में अलग से विचार करते हुए नहीं दिखते, उन्हें छूते हुए जीवन के बीच से निकलते हैं। जीवन की उलझनों को सरल भाषा में रखते हैं पर उनका सरलीकरण नहीं

करते : 'सरल' और 'सरलीकरण' के बीच के विभाजन को कुशलता से बचाए रखते हुए जीवन के जटिल यथार्थ की विडंबना को पकड़ते हैं :

उस राह जाना था
गए पर नहीं पहुंचे
औरों के साथ गए
गए पर भटक गए...

(कमलेश की कविता-पुस्तक 'खुले में आवास' पढ़ते हुए)

असद ज़ैदी

मैं असद की कविताओं का पुराना प्रशंसक हूं। मेरे आकलन में यह पूर्वग्रह निहित है कि उनकी कविताएं वैसी नहीं हैं, जैसी मेरी हैं, और इसीलिए वे एक मायने में मुझे उनकी पूरक लगती हैं। काव्यानुभव, खासकर उसकी भाषा का, केवल 'ठोस' धरातल ही नहीं, अ-ठोस आयाम भी होते हैं, जिनसे गहरे आत्म-चिंतन और आत्म-मंथन के लिए 'जगह' और 'आकाश' बनाया जाता है।

असद की कविताएं प्रमुखतः ठोस भौतिक यथार्थ की कविताएं हैं, लेकिन वे जिस मन को छूती हैं, उसकी संवेदनाओं का दायरा भौतिक की हद से कहीं बहुत आगे तक जाता है– एक व्यक्ति की तक़लीफ़ में सबकी तक़लीफ़ों को समेटता हुआ। 'निजी' को 'सर्व' में विस्तृत कर सकने की उनमें अद्‌भुत क्षमता है। इस वास्तविकता के अध्यात्म को आत्मसात् करने के लिए जो बहुत बड़ा ईमानदार दिल चाहिए, शायद वही है, जो मुझे असद की कविताओं का प्रशंसक बनाता है।

'सामान की तलाश' बहुत बड़ा संग्रह नहीं है– केवल 108 पृष्ठ। 'केवल' कहते हिचकता हूं, क्योंकि असद की कोई कविता केवल नहीं होती– केवल से बहुत आगे तक फैलती चली जाती है, पढ़ने वाले को साथ लिये हुए। 'साथ लिये हुए' को समझना ज़रूरी है। असद की कविताएं इस तरह की नहीं हैं, जो अपने में ही खोई हुई हैं या खो जाती हैं। वे बाह्‌य को बारीक़ी से देखते और दिखाते हुए अपने भीतरी घर की बैठक में ले जाती हैं– बेहद सकुचाते हुए। यह सकुचाहट कमाल की है! कहां से आई? यह भाषायी-सांस्कृतिक गरमाहट, जिसमें चतुराई

नहीं, सबसे पहले बातचीत की एक तहज़ीब बोलती है :

खुलो एक अच्छी ख़बर की तरह
नहीं तो एक बुरी ख़बर ही की तरह सही
अचानक गले लिपटकर शर्मिंदा कर दो मुझे।

जिन्होंने उर्दू भाषा के इस मिज़ाजी तमद्दुन को गहराई से जाना है, वे असद की भाषा में इसको बखूबी पहचान सकेंगे। इस अंदाज़ का हिंदी कविता की भाषा में आना उसकी सामर्थ्य में एक नया आयाम जोड़ता है। मेरा ख़ास मतलब यहां हिंदी में अरबी-फारसी शब्दों के आने से नहीं है, उस 'अंदाज़े-बयां' से है, जिसे ग़ालिब एक चरम पर पहुंचा चुके हैं। असद के भाषायी संस्कार उस तरह की कोशिशों की याद दिलाते हैं। वह हिंदी के मिज़ाज को पूरी तरह स्वीकार करते हुए उसमें उर्दू के संस्कारों का बहुत रेशमी-सा गंगा-जमुनी आभास घोलते हैं। इतना बारीक़ कि अक्सर लगभग पारदर्शी। सामंती संस्कार छनकर अलग हो जाते। एक तहज़ीब की मिठास बोलती है।

असद के नए संग्रह 'सामान की तलाश' को पढ़ना आज के ऊबड़-खाबड़, ऊल-जलूल भारतीय समाज को टुकड़ों-टुकड़ों में कविताओं से गुजरते हुए देखना है। हर दृश्य हमवतन। जिस वतन का बयां है, उसे देखने की कवि-दृष्टि बेमुरौवत है। लेकिन बेमुरौवत होते हुए भी वह अंदर से कहीं उन गहरे मानवीय सूत्रों में पिरोई रहती है, जो दृश्यों के पीछे साफ़ दिखाई देती है। ऊपर से बेमुरौवत लेकिन अंदर से जीवन-संत्रास की कहानी कहती हुई, सतह के खुरदरेपन के बीच-बीच असद इस तरह ख़ाली जगह छोड़ते चलते हैं। उनकी कविताओं में सुख-दुख के सरल विभाजन नहीं, उस भयावहता– अन्याय शोषण, ग़ैरबराबरी, अशिक्षा आदि– का एहसास बराबर बना रहता है, जिससे आज का भारतीय जीवन अभिशप्त है।

असद की कविताओं की गढ़न शरीर की तरह दृढ़ और निश्चित है, मन की तरह चंचल नहीं। वे अपने अनासिर में बिखरती नहीं। सामाजिक-आर्थिक-राजनीतिक यथार्थ से उनकी भरपूर वाबस्तगी है।

इससे कवि के सरोकार तय होते हैं। कवि के लिए कविता को जो काम पूरा करना है, उसमें ऐसी किसी सोच के लिए गुंजाइश नहीं, जो इस काम में बाधा या बहकाव उत्पन्न करे। एक उद्देश्य पर पक्की पकड़–यही उनकी कविताओं की ताक़त है और शायद सीमा भी। ख़ास बात यह है कि कविता के लिए तय उनका यह रुख़ उनके कवित्व को कमज़ोर नहीं करता, उसे एक निश्चित दिशा देता हुआ जनहित से जोड़े रखने में सक्षम रहता है। उनकी कविताओं में उस तरह का सरलीकरण नहीं, जो बहुधा प्रतिबद्ध लेखन को सपाट और दोआयामी बना देता है। उनकी कविताएं अपने ढंग से सोच-समझकर एक यक़ीन तक पहुंची हुई कविताएं हैं।

असद इतिहास की ओर भी जाते हैं, पर बहुत पुराने इतिहास की ओर नहीं। वह सन् 1857 की जमीन पर शायद ज़्यादा पुख़्ता आधार पर खड़े महसूस करते हैं। वैसे भी, मौजूदा भारतीय स्थिति में जिस विद्रूप और विडंबना को वह अपने व्यंग्य के निशाने पर रखना चाहते हैं, उसकी प्रचुर सामग्री उन्हें 1857 के ग़दर और उसके 150 वर्ष बाद के सरकारी जश्नों पर होने वाले ख़र्चों के आंकड़ों में मिल जाती है। जो सब आंखों के सामने हो रहा, उसे 'नतीजा' मानकर तमाम ऐतिहासिक 'कारणों' से जोड़ा जा सकता है, लेकिन असद के कार्य-कारण संबंध बनाने के तरीक़ों में एक अलग तरह का सलीक़ा है :

1857 की लड़ाइयां जो बहुत दूर की लड़ाइयां थीं
आज बहुत पास की लड़ाइयां हैं

... ...

ग्लानि और अपराध के इस दौर में जब
हर ग़लती अपनी ही की हुई लगती है

... ...

यह उस सिलसिले की याद है जिसे
जिला रहे हैं अब 150 साल बाद आत्महत्या करते हुए
इस ज़मीन के किसान और बुनकर

... ...

1857 के मृतक कहते हैं भूल जाओ हमारे सामंती नेताओं को
... ...
कुछ अपनी बताओ
... ...
क्या अब दुनिया में कहीं भी नहीं है अन्याय
या तुम्हें ही नहीं सूझता उसका कोई उपाय।

असद की मूल और सही चिंता अन्याय से मुक्ति का उपाय है। इतिहास की 'व्याख्या' या उससे लड़ाई के पीछे कितना स्वार्थ और कितना अन्याय से मुक्ति का बहाना है, कविता– 1857 : सामान की तालाश - में दिए हुए आंकड़े और ब्योरे इस भेद को खोलते हैं। अन्याय 'आज भी' पहले की तरह जारी है। इतिहास के 'पाठ' में कवि का अपना एक आग्रह है, नेकनीयत है। स्वयं कवि ने इस कविता को 'प्रॉपगैंडा' कहा है। यानी इस वक्तव्य का अति-पाठ इस तरह किया जाए कि यह कविता मात्र प्रॉपगैंडा नहीं है; और इसी तरह पढ़ते हुए मंगलेश डबराल ने इस कविता की मार्मिक और सार्थक 'ध्वनियों' को रेखांकित (पहल-86 मई-जून-जुलाई 2007) किया है। असद की अधिकांश कविताओं में 'यथार्थ-चित्रण' के पीछे के या एक सतह नीचे के, अर्थ आज के जीवन की उस बुनियादी त्रासदी और कुटिलता का आभास देते हैं, जो बहुत स्पष्ट तौर पर आज के राजनीतिक और सामाजिक आचरण में पहचानी जा सकती है। इस साफ़बयानी और उसके नीचे की गहरी मानवीय पीड़ाओं के सोच से बनी असद की भाषा सामान्य अनुभवों को भी एक विशिष्ट काव्यानुभव में तब्दील कर देती है।

असद के बात कहने के तरीक़ों में एक हल्की-सी आजिज़ी और निचाटपन है, मानो उस भद्र भाषा पर तीखा व्यंग्य हो, जो असलियत को छिपाती ज़्यादा है, खोलती कम। उनकी भाषा का 'तर्ज़े-बयां' सब स्थितियों को खोलकर साफ़-साफ़ हमारे सामने स्पष्ट करने का है। इस तरह वह अपने कथ्य को दोहरी धार देते हैं– एक ओर पैनी दृष्टि, दूसरी ओर पैनी अभिव्यक्ति और बराबर अपने कहे से एक अलगाव-सा भी

बनाए रखते हैं। उनकी पहले की 'विस्मृत आवास' और 'संस्कार' जैसी कविताएं अनायास याद आती हैं। उनके वाक्य कुछ इस तरह मोड़ लेते हैं, मानो वे दृश्य-परिवर्तन का भी साधन हों, केवल बात को आगे बढ़ाने का उपक्रम नहीं। एक छोटी-सी घटना में असद एक त्रासदी की पूरी तिकड़मी विडंबना और शर्म को अत्यंत तीव्रता से सामने ले आते हैं :

बीच के किसी स्टेशन पर
दोने में पूड़ी-साग खाते हुए
आप छिपाते हैं अपना रोना
जो अचानक शुरू होने लगता है
पेट की मरोड़ की तरह
और फिर छिपाकर फेंक देते हैं कहीं कोने में
अपना दोना।
सोचते हैं : मुझे एक स्त्री ने जन्म दिया था
मैं यों ही दरवाज़े से निकलकर नहीं चला आया था।

असद की कविताओं का परिदृश्य विविध और फैला हुआ है– किसी फिल्म के 'रशेज़' की तरह, जिन्हें वह कुशलता से इस तरह संपादित करते हैं कि जीवन की विसंगतियां, पाखंड और धूर्तताएं उभरकर ख़ुद अपने को शर्मिंदा करती नज़र आएं।

(असद ज़ैदी की कविता-पुस्तक 'सामान की तलाश' पढ़ते हुए)

मंगलेश डबराल

'प्रतिबद्धता' के अर्थ को बहुत स्थूल और इकहरी तरह भी समझा जा सकता है और बहुत ही बारीक़ और दूरदर्शी ढंग से भी। यथार्थ बहुआयामी और जटिल है। सामाजिक, राजनीतिक या आर्थिक में सरलीकरण करते ही उसकी अदृश्य सूक्ष्म जीवनशक्तियों को यांत्रिक ढंग की व्याख्याएं निर्जीव-सा कर देती हैं।

मेरी समझ में कविता का एक बड़ा काम इन जीवनशक्तियों को स्पंदित और प्रकाशित रखना है। काव्य-रचना का एक अर्थ मनुष्य की कल्पनाशील चेतना का उद्दीपन है। वह चेतना स्वयंसिद्ध है, उसकी व्याख्या वस्तु के गुणों की तरह नहीं हो सकती।

सीरिया के विख्यात कवि अदोनिस से एक बार किसी ने पूछा था– 'आपकी कविताओं का स्वभाव रोमैंटिक है, इससे आपकी अपनी प्रतिबद्धता में क्या कोई अड़चन नहीं महसूस होती?' उनका जवाब था– 'दोनों में कोई बुनियादी विरोध नहीं है। रोमैंटिसिज़्म के बावजूद मेरी सामाजिक-राजनीतिक चिंताएं बरक़रार रह सकती हैं।' अदोनिस ने यह आत्म-विश्वास से कहा था। शायद ऐसा ही कुछ कबीर, निराला, नेरुदा, मुक्तिबोध, शमशेर आदि की कविताओं से भी आभासित होता है। एक ओर कल्पना की आकाशीय उड़ानें हैं, तो दूसरी ओर ज़मीनी यथार्थ की विसंगतियों और अनाचारों पर पैनी नज़र। दिक़्क़त वहां महसूस होती है, जहां प्रतिबद्धता को इस तरह परिभाषित किया जाता है कि वह सिर्फ़ ज़मीन की ओर ही देखे, आसमान की ओर नज़र उठाना मानो कोई गुनाह हो! दरअसल, कविता कल्पना और रहस्य की भाषा में भी यथार्थ

की बात कर सकती है– और शायद ज़्यादा प्रभावी ढंग से– एक ज़्यादा बड़ा परिप्रेक्ष्य और क्षितिज बनाकर। इसके लिए पूरी पृथ्वी और पूरा आकाश चाहिए : वह नहीं मिलता, तो कमज़ोर कविता अवरुद्ध हो जाती है, और प्रबल कविता उन बंधनों को तोड़ देती है, जो उसे बांधना चाहते हैं।

मंगलेश डबराल की एक कविता है– 'ब्रेष्ट और निराला'। वह इस तरह शुरू होती है :

सपने में देखा कोई घर था

... ...
कुर्सियां रखी हुई थीं बहुत पुरानी
बैठे थे उन पर बेर्टोल्ट ब्रेष्ट और निराला

... ...
सुना रहे थे कविता एक-दूसरे को

कविता का अंत इस तरह होता है :

कहा निराला ने जनता की ही तरह कविता की मुक्ति ज़रूरी है
बोले ब्रेष्ट जनता की मुक्ति में कविता बची हुई है
दो महाकवि गले मिले बोले फिर मिलते हैं
सपने में जाते दिखते थे दोनों ऐसे
जैसे जीवन में साथ रहा हो बरसों से।

अंग्रेज़ी के कवि सीमस हीनी का एक वाक्य याद आता है– 'कविता आख़िर है तो सपनों का ही मामला, कोई वृत्तांत तो है नहीं।' मंगलेश की कविता एक सपने से शुरू और सपने पर समाप्त होती है।

दूसरा महत्त्वपूर्ण शब्द है 'मुक्ति', जो कविता के बुनियादी स्वभाव को परिभाषित करते हुए 'मुक्ति' के अर्थ को जनता तक विस्तृत करता है। यह बात भी अतिरिक्त महत्त्व रखती है कि मंगलेश ने ब्रेष्ट और निराला जैसे दो ऐसे महाकवियों को चुना, जो कविता और जनता की आज़ादी के प्रमुख हिमायती थे। इस कविता में सांकेतिक कुछ भी नहीं–

सपना तक एक ठोस यथार्थ का हिस्सा जान पड़ता है। दूसरे शब्दों में, कवि एक अमूर्त आदर्श को ठोस 'पहचान' से नत्थी करके स्थानिक बनाता है।

कविता को द्रष्टव्य और स्पृश्य बनाने की यह एक जानी-मानी विधि है कि उसे वस्तुगुणी नामों, पात्रों, स्थानों, घटनाओं, स्थितियों, चीज़ों आदि से नत्थी करके स्थूलत्व दिया जाए। मंगलेश इस ओर सतर्क हैं कि स्थूलीकरण (concretisation) कविता पर इतना भारी न पड़ जाए कि कविता बैठ जाए। कविता के दोनों तरफ़ 'सपने' लगाकर मानो वह उसके डैनों को सुरक्षित रखना चाहते हैं और कविता पर 'वास्तविकता' और 'संदेश' का उतना ही बोझ डालते हैं कि उसकी स्फूर्ति बनी रहे।

मंगलेश की बेहतर कविताएं वे हैं, जो उनके घर की यादों (यानी निश्चित पारिवारिक चरित्रों) या वास्तविक घटनाओं के मार्फ़त अपनी बात कहती हैं। यानी उनकी कविताओं के ये दो पक्ष, चरित्र और घटना-स्थल, विशेष रूप से विचारणीय हैं। 'घटनाएं' और 'पात्र' मूलतः कहानी और उपन्यास क्षेत्र के मूलाधार हैं। कविता में इनकी उपस्थिति कविता में 'कुछ होने' का जीवंत एहसास देती हैं। केदारनाथ सिंह की कविताओं में भी पात्रों, घटनाओं, स्थानों की उपस्थिति उनकी कविताओं के ठोस ढांचे को संभाले रहती हैं। 'भोगे हुए यथार्थ' का स्पष्ट नाता कविता की इस संरचनात्मक तकनीक से है। अधिकांश आधुनिक पाश्चात्य कविता में इस तकनीक को बख़ूबी पहचाना जा सकता है। इस तरह की कविता 'भाषानिष्ठ' उतना नहीं होती, जितना यथार्थपरक। यदि यथार्थ के सामाजिक, राजनीतिक, आर्थिक संदर्भों को ही मुखर रखा जाए, तो कविता में 'पहचानों के घटकों' का सामान्यीकरण होना लाज़िमी है, लेकिन मंगलेश इससे बचते हुए कविता को 'निजी अनुभवों' की प्रामाणिकता और संवेदनशीलता का आधार देते हैं। एक सामान्य अनुभव को इस तरह पेश करते हैं कि वह विशेष अनुभूतियों को जगाता है :

पहले भी शायद मैं थोड़ा-थोड़ा मरता था
बचपन से ही धीरे-धीरे जीता और मरता था
जीवित रहने की अंतहीन खोज ही था जीवन
जब मुझे जलाकर पूरा मार दिया गया
तब तक मुझे आग के ऐसे इस्तेमाल के बारे में पता भी नहीं था

('गुजरात के मृतक का बयान' शीर्षक कविता से)

पहली तीन पंक्तियां एक सामान्य अनुभव को बयां करती हैं, जो अगली दो पंक्तियों में एक अविस्मरणीय निजी अनुभव की तीव्रता ले लेता है– अत्यंत नाटकीय ढंग से हमारी संवेदनाओं बल्कि मानवीय भावनाओं को जड़ तक झकझोरता हुआ। जीवन से अचानक आग को केंद्र में रखकर एक अमानवीय- कर्म की विभीषिका को मंगलेश उसकी समूची निर्दयता और विडंबना में चित्रित करते हैं। कोई विस्तृत वर्णन नहीं है, केवल एक छोटी-सी टिप्पणी सब कुछ कह डालती है। यह एक प्रत्यक्ष स्थिति से परे जाकर एक परोक्ष भावावेग की रचना है। ज़मीनी यथार्थ से ऊपर उठकर ज़मीनी यथार्थ को महसूस करती और कराती हुई 'दृष्टि'।

मंगलेश का पहला काव्य-संग्रह 'पहाड़ पर लालटेन' 1980 में निकला। 'पहाड़ पर लालटेन' में मंगलेश के शुरुआती जीवन के कुछ 'पारिवारिक' और 'पारंपरिक' अनुभवों की 'तस्वीर' यादें हैं, जिनसे उनकी कविताओं की वह 'नॉस्टैलजिक' पृष्ठभूमि बनती है, जिसमें कवि की बुनियादी मानवीय चिंताओं के बीज हैं। उदाहरण के लिए उनकी अत्यंत सफल कविताओं, जैसे– 'संगतकार', 'रचना-प्रक्रिया', 'अमीर खां' ('आवाज की एक जगह है' संग्रह में) में हम उनके प्रारंभिक संगीत प्रेम को कलाओं के एक बृहत्तर आशय में बार-बार लौटते हुए देखते हैं :

सहसा वह सारे आलंबन छोड़कर गाने लगता अकेला
फिर किसी अज्ञात इन्हीं सबके पास भरोसे के लिए
सबसे कम भरोसा था उसे अपनी आवाज़ पर
अपने अभ्यास पर

('रचना-प्रक्रिया' शीर्षक कविता से)

एक पहाड़ी गांव से दिल्ली होते हुए मंगलेश की दुनिया को हम एक बड़े वैश्विक फलक पर फैलते हुए देखते हैं– संकोच के साथ, लेकिन उस पूरे साहस के साथ भी, जिसमें कविता और कलाओं की शक्ति में गहरा विश्वास झलकता है। इस विश्वास को बृहत्तर मानव-हित की कामना से जोड़ते हुए मंगलेश अपने काव्य-संसार को रचते हैं।

(मंगलेश डबराल की कविता-पुस्तक 'आवाज़ भी एक जगह है' पढ़ते हुए)

रमेशचन्द्र शाह

रमेशचन्द्र शाह का लेखन साहित्य की अनेक विधाओं को केवल छूता ही नहीं, उनसे पूरी तरह वाबस्ता भी है। समीक्षा, विचार-साहित्य, उपन्यास, कहानियां, निबंध, कविताएं... शायद ही ऐसी कोई विधा हो, जिसमें रमेशचन्द्र शाह की गहरी पैठ न हो। और अगर उनके अंग्रेजी के लेखों को भी शामिल करके सोचें, तो उनकी महत्त्वपूर्ण देन केवल हिंदी तक सीमित नहीं, अंग्रेज़ी के माध्यम से भी अपनी एक विचारणीय जगह बनाती है।

एक गंभीर और मननशील समीक्षक-विचारक के रूप में रमेशचन्द्र शाह को जो व्यापक मान्यता मिली है, उसने परोक्ष रूप से उनके रचनात्मक लेखन पर कैसा असर डाला है, उसे ख़ासतौर पर कविता के संदर्भ में, सोचते वक़्त पहली जिज्ञासा यह हो सकती है कि स्वयं कवि का समीक्षा-पक्ष उसकी कविताओं के लिए किस रूप में अच्छा या बुरा साबित हुआ है : समीक्षात्मक अनुशासन कहीं उनकी कविताओं पर किसी प्रकार का अनावश्यक शास्त्रीय बोझ तो नहीं बन जाता? काव्य-लेखन की रचनात्मक स्वतंत्रता में उसका योगदान सकारात्मक रहता है या नकारात्मक?

आसानी से रमेशचन्द्र शाह की कविताओं, और उनके कथा-साहित्य को भी, उनकी समीक्षाओं से अलग कर सोचने में कोई व्यावहारिक दिक़्क़त सामने नहीं आती। कविता वैसे भी समीक्षा के पूर्वग्रहों या आदेशों से निदेशित नहीं हो पाती, और जिस तरह की कविता निदेशित हो पाती है, शाह की कविताएं निश्चय ही उस वर्ग की कविताएं नहीं

हैं। उल्टे ज़रूरी है कि उनकी कविताओं पर उन आग्रहों से मुक्त होकर विचार किया जाए– उनकी कविताओं के लिए यह सावधानी इस दृष्टि से भी ज़रूरी है क्योंकि एक अच्छे विचारक की कविताओं को उसके विचारों का प्रतिबिंब मानकर व्याख्यायित करना सबसे आसान होता है, जबकि शाह की कविताओं में उनके विचारों की जो भी भूमिका है, मोटे तौर पर वह हस्तक्षेपी नहीं, बारीक़ और हाशिए में है।

साधारणतः शाह की कविताओं में एक सहज और संश्लिष्ट जीवन-बोध है, जो बौद्धिक और भावनात्मक के बीच अनावश्यक विभाजन नहीं, एक अंतरंग जगह बनाने का उपक्रम है। जिस अनाचार, विसंगति और अन्याय को कवि अपने चारों ओर देखता है, उनका हल वह मानवता के गहरे सरोकारों में खोजता है, मात्र अस्थायी समाधानों में नहीं। सतह के नीचे एक कविता की जड़ें कितनी गहरी हैं, इसका गहरा संबंध केवल उस जीवन से नहीं, जिसे कवि सामने 'देखता' है, बल्कि उस चिंतन से भी है, जिसे एक कवि कविता द्वारा जीवन को दे पाता है :

कुछ चीज़ें अमर होती हैं
कवियों के कारण जैसे
हिमालय और दंडकारण्य
राम और कृष्ण...'
'और कवि कैसे बनते हैं?'
'और कैसे बनते हैं डाकू? रत्नाकर कैसे
वाल्मीकि बन गया? इतनी बड़ी चोट खाके...

रमेशचन्द्र शाह की कविताएं उन कई स्रोतों से संदर्भ ग्रहण करती हैं, जिनसे भारतीय जनमानस का न केवल वार्तमानिक और भौतिक यथार्थ बनता है, बल्कि उसके ऐतिहासिक, नैतिक, आध्यात्मिक और पौराणिक संस्कार भी संकेतित होते हैं। नदी के कई बिंब और प्रतीक उनकी कविताओं में हैं, लेकिन नदी केवल एक भौतिक यथार्थ नहीं है, उसका बृहत्तर संदर्भ वर्तमान से लेकर इतिहास और पुराणों तक फैला है :

सपना है यह नदी

... ...

नदी भागती आई मेरे पास
गोद में लेकर मुझको
लगी सुनाने लोरी

... ...

घेरकर मुझे चतुर्दिक्
बहती
चली आ रही है कब से

... ...

पीछे भी थी नदी
और आगे भी।

... ...

मैं लिखता इतिहास नदी का

... ...

इसी बीच हो गया युगांतर
पता नहीं हूं कहां आजकल
... रचता हूं अब भी
सरस्वती को
निकालनी पड़ती है यद्यपि
नित्य रसातल से
वह मुझको

... ...

जैसे तुम ही हो गवाह
इस
ढलती हुई सदी के
जैसे तुम ही व्यास
कृष्ण द्वैपायन इसकी
नेकी और बदी के।

('व्यास-पर्व' शीर्षक कविता से)

'स्मृतियां' चाहे वे निजी हों या ऐतिहासिक, पौराणिक या पुराकथात्मक, कवि के मौजूदा अंतर्द्वंद्व को एक भाषा देती हैं और उसके मानवीय-बोध को एक ठेठ भारतीय 'पहचान'। इस तरह रमेशचन्द्र शाह की कविताएं भारतीय अतीत से जो संबंध बनाना चाहती हैं, उसमें कठमुल्लापन नहीं, उसके जीवंत और स्वस्थ अंशों के स्पर्श की कोशिश है। परंपरा का अर्थ उनके लिए सिर्फ़ पुरानी लीक पर चलना नहीं, विलुप्त सरस्वती की पुनर्रचना है– नित्य रसातल से निकालकर! जिस सांस्कृतिक संपन्नता को वह भारतीयता के अर्थ में सोचते हैं, वह हमारे आज के यथार्थ का निषेध या उससे पलायन नहीं है, उसकी विलुप्त जड़ों को अनुप्राणित रखने की कोशिश है।

रमेशचन्द्र शाह की कविताओं में छंद और तुक ख़ासा महत्त्व रखते हैं। यह संयोग– अगर इसे संयोग कहें तो– थोड़ा चकित-सा करता है कि उनकी अनेक छंदबद्ध कविताएं जिस तरह की ऊर्जा, कुशलता और अर्थलाघव का एहसास करा पाती हैं, वह उनके मुक्त छंदों में भी मुश्किल से मिल पाता है! ऐसा लगता है कि छंदों को पहन-ओढ़कर उनकी कविताएं जितनी चुस्त-दुरुस्त दिखती हैं, बिना छंदों के शायद उतनी सहज नहीं दिखती– वैसे, शाह के मुक्त छंद भी शायद ही कभी पारंपरिक छंदों की लय को छोड़ते हैं। संभवतः उनका छंदों के प्रति आग्रह भी उनके परंपरा-बोध का ही वह अनिवार्य हिस्सा है, जिसे वह एक नया संस्कार और अर्थ देना चाहते हैं। यानी नए कथ्य द्वारा छंदों को भी एक नया अभिप्राय देने का प्रयत्न। छंद मनुष्य की गहरी काव्यानुभूतियों में रचा-बसा है : शाह मानो इस तथ्य को स्वीकार करते हुए ही आज की कविता में उसके लिए जगह बनाना चाहते हैं। कथ्य या रूप का द्वैत मानो कथ्य और रूप के अद्वैत में समाहित हो जाता है :

बरामदे को फोड़ ध्वजा-सा निकला बाहर
को यह जो अमरूद– नहीं अब देता है फल।
छेंक चुके छत जामुन के दरख़्त दोतरफ़ा,
आंगन बूढ़ा आम, और पिछवाड़े पीपल।

... ...
दुनिया सारी परचे में है
कविता जी ख़ुद चरचे में है
रटती हनूमान चालीसा
दुनिया भारी ख़रचे में है।

('सृजनपीठ' शीर्षक कविता से)

इधर की कविता में छंदों को लेकर जो एक नई दिलचस्पी यदाकदा नज़र आती है, उसमें रमेशचन्द्र शाह के प्रयत्न निश्चय ही एक उल्लेखनीय जगह बनाते हैं।

कविता में 'ख़ुद की बातचीत' तथा 'ख़ुद को केंद्रीय मानकर बातचीत' में बुनियादी अंतर है। ख़ुद से बातचीत कई तरह की हो सकती है– बिल्कुल अपने में ही डूबी हुई, या फिर आपबीती के माध्यम से सबके प्रति भी सचेत। 'प्यारे मुचकुंद को' में कवि कहता है :

अच्छा लगता है मुझे कभी-कभी
अपने निराले से नीचे उतरना
और... खेलना आंगन में
मनुष्य के।
... ...
... देखना
तार-तार होते हुए
ममता की सचाई और
सचाई की ममता को

शाह की कविताएं लगभग वर्णन-शैली में ख़ुद से इस तरह बात करती हैं कि पाठक उनके आत्म-चिंतन, हर्ष और विक्षोभ में आसानी से शरीक हो पाता है। उनका संयोजन इस तरह का है कि एक स्पष्ट पारदर्शिता बराबर बनी रहती है, जटिल मनोवैज्ञानिक गुत्थियों में अनुभव की प्रामाणिकता का विलोप नहीं हो जाता। अक्सर ऐसा भी लगता है कि प्रायः रोमैंटिक भावभूमि पर ही विचरने वाली अधिकांश

कविताएं अगर निगूढ़ और रहस्यमय के जैविक आशयों को अधिक रचनात्मक ढंग से इस्तेमाल कर पातीं, तो शायद 'स्मृतियां'– जिनका शाह की कविताओं में एक प्रमुख स्थान रहता है– प्रभाव की दृष्टि से, मनुष्य के अंतर्मन के एक ज़्यादा बड़े क्षेत्र का स्पर्श करतीं। 'स्वप्न' या 'सपना' का संदर्भ शाह की कविताओं में बराबर आता रहता है, लेकिन आमतौर पर 'जगत्-मिथ्या है' या 'भ्रमजाल' है, का आभास लिये हुए, जबकि इस सदी में 'स्वप्न' की जो फ्रायड और युंग से प्रेरित मनोवैज्ञानिक भूमिका रही है, और जिसने कविता में सर्रियलिज़्म जैसे काव्यांदोलनों को सशक्त आधार दिया, शाह की कविताओं में अधिक महत्त्व रखते नहीं प्रतीत होते। शुद्ध भारतीय प्रसंग तक भी अगर अपनी दृष्टि को सीमित रखें, तो 'स्मृति' की उस विशद परिकल्पना की ओर ध्यान जाता है, जो राजशेखर की 'काव्य-मीमांसा' को एक अद्भुत आधुनिकता की रोशनी में रखता है। मेरा इशारा 'स्वप्न' और 'स्मृति' के शास्त्रीय पक्षों की ओर उतना नहीं है, जितना उनकी बृहत्तर रचनात्मक संभावनाओं की ओर– विशेषतः कविता के परिप्रेक्ष्य में :

Blessed are all metrical rules
that forbid automatic responses,
Force us to choose second thoughts
free from the fetters of self

— W.H. Auden

(भला हो छंद नियमों का
जो हमारी स्वचालित हरकतों पर
अंकुश लगाते हैं
मनमाने भावों की बजाय
दूसरे, और बेहतर भाव चुनने को उकसाते हैं
जो हमारे ख़ुद के जकड़बंदी से मुक्त हों)

'आधुनिक कविता' और 'छंद' के संदर्भ में ऑडेन का ज़िक्र ख़ास महत्त्व रखता है। एक ऐसे समय में जब यूरोप में नई कविता लगभग पूरी तरह छंदों को छोड़कर 'मुक्त छंद' में लिखी जा रही थी, ऑडेन ने

इस आंदोलन के बावजूद, कुछ बहुत ही सशक्त कविताएं छंदों में रचीं और छंदों की संभावनाओं में दिलचस्पी बनाए रखी। आधुनिक हिंदी कविता– छायावाद के बाद से– छंदों को लेकर लगभग निरपेक्ष रही है। मात्रिक और वार्णिक छंदों की समृद्ध परंपरा है, लेकिन उनको लेकर प्रयोग की संभावनाओं से हिंदी कविता विमुख रही।

इसका एक कारण 'परंपरा' का लगभग थोक अस्वीकार जान पड़ता है, अन्यथा, केशवदास और बिहारी जैसे कवियों का छंदों को लेकर जो काम है, उसको हम इतनी आसानी से अनदेखा न कर जाते। जहां केशव छंदों में 'प्रयोगशीलता' के अद्‌भुत उदाहरण हैं, वहीं बिहारी 'दोहे' जैसे दीर्घ-परंपरा वाले फॉर्म को भी अनूठी ऊंचाइयों तक ले जाने वाली प्रतिभा है। छंदों को लेकर हमारा रुख 'प्रयोगधर्मी' भी हो सकता है और 'क्लैसिक' भी। उर्दू ने ग़ज़ल के क्लैसिक फॉर्म को कभी भी त्याज्य नहीं माना, बल्कि उसकी लोकप्रियता को नई शायरी का एक सशक्त अंग बनाए रखा– यानी, दूर तक कविता की 'पारंपरिक पहचान' और उसकी साहित्यिक संस्कृति को बरक़रार रखा। इससे उर्दू शायरी की लोकप्रियता बनी रही, भले ही विषय-विस्तार की दृष्टि से ग़ालिब की 'तंगनाए- ग़ज़ल' वाली शिकायत भी अपनी जगह काफ़ी हद तक जायज़ रही।

हिंदी कविता ने छंदों को एकदम ही न त्यागकर मुक्त छंद के साथ रखा, लेकिन मुक्त छंद की प्रधानता होने के कारण छंद या तो हाशिए में रहे या फिर अक्सर हास्य-व्यंग्य के लिए इस्तेमाल होते रहे जिसका आभास रमेश जी की कविताओं में भी मिलता है। गंभीर कविता के लिए संभवतः मुक्त छंद में निराला की 'राम की शक्तिपूजा', 'जूही की कली' और 'वह तोड़ती पत्थर' जैसी कविताओं के सफल उदाहरण ज़्यादा बड़ी प्रेरणा रहे, जो आगे चलकर अज्ञेय और मुक्तिबोध की कविताओं द्वारा और पुष्ट हुई। हिंदी में वार्णिक छंदों के एकमात्र उदाहरण 'हरिऔध' याद आते हैं, लेकिन आश्चर्य है कि मुक्त छंदों के साथ, या समानांतर, कभी वार्णिक छंदों की ओर नए काव्य-आंदोलनों

का ध्यान नहीं गया, जबकि उसकी पूरी संभावनाओं से हरिऔध हमें अवगत करा चुके थे।

दूसरी बात, 'स्वप्न' और 'स्मृति' को लेकर बीसवीं सदी में फ्रायड और युंग के विचारों का लगभग सभी आधुनिक कलाओं– ख़ासकर कविता और चित्रकला पर– गहरा असर रहा है। सुर्रियलिज़्म को यदि हम फ्रायड के संदर्भ में याद कर सकते हैं, तो युंग की 'जातीय-स्मृति' से कविता का मिथकीय पक्ष प्रमुखता में आया। लेकिन 'स्वप्न', 'स्मृति' और 'मिथक' का एक बृहत्तर परिप्रेक्ष्य भी बनता है– नृशास्त्रीय अध्ययनों और प्राचीन काव्य-सिद्धांतों से जुड़ा हुआ। हम राजशेखर की 'काव्य मीमांसा' में 'त्रिधा च सांसमृतिर्मतिः प्रज्ञेति...' वाले कथन को याद कर सकते हैं। रमेश जी यद्यपि 'सुर्रियलिज़्म आदि से कभी प्रभावित नहीं रहे' (उनके पत्र से उद्धृत), किंतु प्रतीकवादियों और ख़ासकर येट्स की कविताओं के प्रशंसकों में से हैं। वैसे भी, उनकी अपनी कविताओं के स्वभाव की पृष्ठभूमि भी सामान्यतः रोमैंटिक है, यद्यपि, जैसा कि वह स्वयं स्पष्ट करते हैं– कदाचित् मेरे कवित्व का अपने अनुभव के साथ रिश्ता ही कुछ ऐसा हो, जो उसे अपने को ही गंभीरतापूर्वक लेने से रोकता हो। द्रष्टव्य है मेरी 'अनुभव' शीर्षक कविता।

कदाचित्! यह प्रवृत्ति भी मुझे बिंब से प्रतीकात्मक अन्वेषण की ओर जाने को प्रेरित करने की बजाय व्यंग्य विद्रूप और ह्यूमर आयरनी वाले भंगुर संतुलन की ओर धकेलती रही हो...

(पत्र से उद्धृत)

बहरहाल, यह सरल निष्कर्ष निकाल लेना जल्दबाज़ी होगी कि रमेश जी की कविताओं में हास्य-व्यंग्य और छंदों के बीच एक सीधा रिश्ता बनता है : ज़्यादा ठीक शायद इस तरह सोचना होगा कि अगर उनके 'अनुभव' स्मृति, जातीय- स्मृति, इतिहास, बिंब, प्रतीक आदि की ज़्यादा बड़ी दुनिया में विचरते, तो हो सकता है उनकी कविताओं का फलक अधिक विस्तृत और बहुआयामी होता। ऐसा मैं ख़ासतौर पर रमेश जी की बहुविषयक रुचियों को भी ध्यान में रखकर सोच रहा हूं

क्योंकि उनसे भी एक संवेदनशील कवि-मन का अनुभव-जगत बनता है। 'देखते हैं शब्द भी अपना समय' संग्रह की 'एक उद्‌बोधन', 'एक मरणासन्न व्यक्ति के समीप', 'कुकाठ' जैसी कविताएं अगर इस दृष्टि से विचारणीय हैं, तो इसी संग्रह की 'फ्रूदे के लिए' तथा 'एक हंगारी लड़की से मुलाक़ात' एक सामान्य अनुभव को एक वृहत्‌ मानवीय फलक पर विस्तृत करती हैं। दोनों ही हालत में कवि अनुभव की ठोस ज़मीन से नाता बनाए रखता है, और कविता को वहां 'लोकेट' करने की कोशिश करता है, जहां वह हमारे लिए केवल आकर्षक ही नहीं गंभीर अर्थों में विश्वसनीय भी हो। विषयों की विविधता को देखते हुए कभी-कभी लगता है मानो कविताएं दबी ज़बान यह शिकायत भी कर रही हों कि 'और कुछ चाहिए वुसअत मेरे बयां के लिए'! याद आता है कि प्रतीकवादियों ने कविता को सिर्फ़ 'छंदों' के बंधन से ही मुक्त नहीं किया था, शब्दों को गद्य के आग्रहों से भी मुक्त किया था। 'कविता का मूलाधार शब्द होते हैं' मलार्मे का यह कथन कविता में शब्द के सामर्थ्य को नई तरह खोजने का आह्‌वान भी था। रमेश जी की कविताएं पढ़ते हुए यह इच्छा होती है कि वे यदि थोड़ा और साहसिक होतीं, तो शायद उस सामग्री को बेहतर उपयोग कर पातीं, जिसका कवि धनी है।

(रमेशचन्द्र शाह की कविता-पुस्तक 'देखते हैं शब्द भी अपना समय' पढ़ते हुए)

अनीता वर्मा

अनीता वर्मा की कविताएं सही मायनों में स्त्री-मन की कविताएं हैं। ये स्त्री की समस्याओं का अलग, सीमित एजेंडा नहीं बनातीं, उन्हें मनुष्यता के बृहत्तर आशयों से जोड़ती हैं– इस तरह कि हम अपने रूढ़िगत या रूढ़िग्रस्त, रवैए और दृष्टिकोण में बदलाव की अनिवार्यता को सिर्फ़ भौतिक नहीं, बल्कि गहराई से आत्मिक और संवेदनात्मक स्तरों पर महसूस कर पाते हैं। इन कविताओं में भिड़ंत और आक्रोश नहीं है, एक ठंडा धीरज है, जो हमारे अंधविश्वासों से जिरह करता है, उन्हें उन्हीं की आंख में शर्मिंदा कर कुछ इस तरह घेरता और बेबस कर देता है कि वे स्वयं को बदलने की ज़रूरत से भाग नहीं पाते।

हम क्या हैं, यह बहुत-कुछ इस बात पर निर्भर करता है कि हम दुनिया को, चीज़ों को और अदृश्य को भी किस तरह देखते हैं। 'गिरा अनयन, नयन बिनु बानी'– 'आंखें जु बां नहीं हैं, मगर बेज़ुबा नहीं'। केवल आंखों से ही नहीं, हम हृदय, बुद्धि और कल्पना से भी देख सकते हैं। इस 'देखने' की प्रक्रिया को अगर विकसित करें, तो अदृश्य को भी साक्षात् देख सकते हैं। वह जो 'स्मृति' में है, अतीत में है, उसका प्रत्यक्षीकरण कर सकते हैं, जैसे हम अपने आशयों और भयों को इस हद तक महसूस कर सकते हैं कि वे सामने 'दिखाई' पड़ने लगें।

'रोशनी के रास्ते पर' कविता संग्रह में अनीता वर्मा की पहली कविता है 'हृदय', जिसमें वह उस हृदय को देखती हैं, जिस हृदय से वह जीवन को देखती रही हैं :

अभी यह मेरे भीतर था
ब्रह्मांड से एकाकार बजता हुआ
टिक-टिक टक-टक मेरा समय

अब यह टेबल पर रखा है
मुझसे बाहर और अलग
कुछ अनजान हाथों में
दिल के माहिर रफ़ूगरों के बीच
जीवन की आभा दमकती है
इसके रक्तहीन मुख पर
इस तरह वह जीता है मेरे बग़ैर
खुली हवा में सांस लेता हुआ
देखता हुआ रंग स्पर्श और चेहरे

किसी टेबल पर रखा है मेरा अकेलापन
मैं एक कोने में वह एक दूसरे कोने में
....वह भेजता है अपनी धड़कन
दूर कहीं ब्रह्मांड से।

एक त्रिकोण बनता है 'देखने', 'हृदय' और जीवन के बीच– दूर तक तीनों को स्पंदित करता हुआ हम कुछ इस तरह एक को दूसरे में पढ़ सकते हैं, मानो तीनों की सत्ता समवेत है। यह हृदय से देखना मानो मुख्य कुंजी है, उनके जीवन-दृष्टि की, जिससे हर कविता का दरवाज़ा खुलता है। यह ऊपरी विशेषता है हर कविता की। लेकिन कविताओं के भीतर की दुनिया भी कम चामत्कारिक नहीं। वहां अगर घोर नारकीय यथार्थ है, जैसे उनकी प्रसिद्ध कविता 'बूढ़ानाथ और औरतें', तो नैसर्गिक 'बहुत पीछे' जैसी कविताएं भी हैं– एक अटूट उम्मीद से निर्मित कविताओं में एक ख़ास तरह की उदासी है, जो उतनी ही निजी है, जितनी वह सबकी है। उस सार्विकता में एक शक्ति है, जिसे अनीता की कविताएं बहुत ही मानवीय ढंग से संबोधित करती हैं। उनमें सहजता है, सरलीकरण नहीं, इसीलिए उनकी प्रयोगशीलता भी जीवन

की जटिलताओं और उलझी मानसिकताओं से उत्प्रेरित होती है। 'सरलता' शीर्षक कविता में वह कहती हैं :

वह हमारी आंखों के भीतर रहती है
वे जो देखती हैं उसके ठीक पीछे
... ...
और मनुष्य के रुदन को कैसे देखा जाए
वह सिर्फ़ आंसू नहीं है
उसमें हर बार नए सिरे से दिखता है एक पूरा जीवन

इसीलिए शायद उनकी सरलता में जहां एक परिपक्वता है, उनकी प्रयोगशीलता में एक कच्चापन-सा भी महसूस होता है।

'अपने घर' कविता में गणित के रूपक में जीवन की सादृश्यता थोड़ी असहज ही बैठ पाती है :

श्रीमान अ श्रीमान ब और श्रीमार स
क्या आपका वैसा ही मेलजोल है जैसा
ज्यामिति के तीन कोणों का होता है
या फिर अ, ब, स को उठाकर
क, ख, ग पर रख दिया जाए
तो वे समान सिद्ध हो जाएंगे
गणित की कक्षा की तरह

अनीता वर्मा की कविताओं को पढ़ते हुए आज के संदर्भ में दो ख़ास बातों की ओर ध्यान जाना स्वाभाविक है– स्त्री-विमर्श तथा काव्य-अनुभवों की प्रामाणिकता और निजी अनुभवों की सचाई और खरापन। इसके साथ ही एक ऐसी विनम्रता, जो लड़ती नहीं, फिर भी यथार्थ की विसंगत और करुण स्थितियों को हम तक पूरी तीव्रता और तीक्ष्णता में संप्रेषित कर पाती है, क्योंकि उनका आधार सैद्धांतिक से अधिक व्यावहारिक अनुभवों में है।

स्त्री-विमर्श में आज जो तमाम मुद्दे आंदोलनी ढंग से उठाए जा रहे हैं, अनीता वर्मा उन मुद्दों को ठोस सामाजिक और व्यक्तिगत

अनुभवों का आधार देती हैं। कहीं-न-कहीं यह विवेक बराबर बना रहता है कि जीवन में ऐसा बहुत-कुछ है, जिसे अहिंसक ढंग से भी पाया जा सकता है। जिस रूप में अनीता स्त्री-शक्ति को पहचानती हैं, वह उसकी भीतरी ताक़त है, जो संगठित रूप में आसानी से एक सामाजिक और वैश्विक ताक़त बन सकती है। वह सामाजिक कुरीतियों की ऐतिहासिकता को भी उतने ही अचूक ढंग से पकड़ती हैं, जितना उनके मौजूदा यथार्थ को।

उनकी कविताओं में बौद्धिक होने का नाहक हठ नहीं है, वह ख़ास तरह की बुद्धिमत्ता है, जिसे उन्होंने रोज़मर्रा का जीवन जीते हुए जाना और आत्मसात् किया है।

(अनीता वर्मा की कविता-पुस्तक 'रोशनी के रास्ते पर' पढ़ते हुए)

मनोहर श्याम जोशी

अगर कहूं कि 'कुरु कुरु स्वाहा' में एक भाषायी चमत्कार है, तो इसका यह मतलब नहीं कि उसमें और कुछ नहीं है, न यही कि होशियार रहिएगा यह चमत्कार एक धोखा है। यों कहूं तो बात शायद ज़्यादा सही होगी कि यह एक ईजाद है, जोशी की अपनी ईजाद, अपनी दास्तां को बिल्कुल अपने ढंग से कहने की एक बड़ी ही दिलचस्प और अनूठी शैली की ईजाद, जिसका जादू सिर पर चढ़कर बोला है, उन तमाम समीक्षकों की भाषा के सिर पर चढ़कर, जिन्होंने 'कुरु कुरु स्वाहा' को थाहा है। इस भाषा की एक सफलता तो यही मानता हूं कि इसके रंग से बचकर लिखने में अनेक समीक्षक नाकामयाब रहे हैं।

जोशी ने संस्कृतनिष्ठ भाषा नहीं लिखी है, संस्कृत के विपुल वक्र वाक्-कौशल की व्यंजना/शक्ति को पकड़ा है। एक बिल्कुल भिन्न संदर्भ में श्रीलाल शुक्ल की शैली याद आती है– 'अंगद के पांव' वाली शैली, जहां व्यंग्य या हास्य सीधे वर्णन से नहीं उत्पन्न होता, तिरछी या ढाई-घर वाली मार करता है। राजशेखर का एक उदाहरण याद आता है : गांव के कुछ शरारती लड़के एक चिड़चिड़े बाबा से कहते हैं, 'महाराज अब आप निर्द्वंद्व होकर इस वन में विचरण करें क्योंकि कावेरी के सघन कुंजों में वास करने वाले प्रचंड सिंह ने आज उस कुत्ते को मार डाला है, जो आपको देखकर भौंकता था।' जोशी की संस्कृत नटखट है, हिंदी भाषा को गुदगुदाती है, ऐसी जगहों पर, ऐसे मौक़ों पर, जहां उनकी हिंदी का वश नहीं चलता– उसी तरह जैसे वह अपनी हिंदी में बंबइया हिंदी या पंजाबी हिंदी या लखनवी ज़बान की छौंक देते हैं– यह

छौंक बहुत लोग देते हैं, पर जोशी का अंदाज बिल्कुल अलग है और बिल्कुल अपना है– और यह बड़ी बात है कि संस्कृत के शास्त्रीय साहित्य से लेकर बोलचाल की बिल्कुल टकसाली ज़बान तक, जैसा ख़ज़ाना जोशी के पास है, और जिस दरियादिली से वह उसको लुटाते हैं, उसमें सचमुच शहंशाह हैं।

कुछ चरित्र हैं कि दिमाग़ में बस जाते हैं। पहुचेली-देशी फिल्मी नायिका से पहले, वे दोनों कॉमेडियंस, निर्देशक (ऋत्विक घटकनुमा), शायर मजाज़युगीन लखनऊ का जीता-जागता नमूना, बिल्कुल बंबइया फिल्मों का ढांचा ज़िंदगी के बंबइयापन की चमड़ी उधेड़ता हुआ। क्या शॉट्स हैं, क्या क्लोजअप्स हैं, क्या मोंताज हैं, क्या ऐक्टर्स हैं, और वल्लाह डायलॉग्स तो बस सुभानअल्लाह हैं। बधाई तुम तीनों को– समझदार जोशी को, नाबालिग मनोहरश्याम को और दोनों के बीच पिस रहे बेचारे 'मैं' को।

एक सवाल पूछता हूं, इस उपन्यास से, जो इस ज़माने में हर उपन्यास से पूछा जाता है– इसका सामाजिक पहलू, इसका इरादा, इसकी आज के हालात से ताल्लुक़ात की बुनियादी ज़मीन क्या है? यह सिर्फ एक कामयाब मसखरापन भर है? या कोई गंभीर विचार भी है? आज के आम आदमी को लेकर सर्वांते या रैबले या बोकाचियों या स्विफ्ट का रवैया निहायत बदतमीज़ था, जैसा मध्य-युगों में आमतौर पर आम आदमी को लेकर हुआ करता था। मौक़ा मिल जाए तो यदाकदा जोशी भी नहीं चूकते। आम आदमी की चौखट पर मत्था नहीं टेकते। उनके लिए असली मज़ा तो बंबइया चमक-दमक में चौंधियाया हुआ व पहाड़ी लौंडा मनोहर श्याम है, जो ख़ुद को एक ऐसे संदर्भ में बयां करता है, जो संदर्भ हिंदुस्तान की ज़मीन पर एक अजूबा चीज़ है– उसे चाहे जिस ऐंगल से देखिए और जोशी ने उसे कम-से-कम चार ऐंगल से देखा है : चाहे प्रथम पुरुष एक वचन में, चाहे द्वितीय पुरुष दो वचन में, चाहे अन्य पुरुष बहुवचन में या किसी भी पुरुष, किसी भी वचन में– जोशी के व्यंग्य का व्याकरण बिल्कुल खरा और दुरुस्त उतरेगा।

मगर जोशी जी अंत में आकर तुमने यह क्या छीछालेदर कर दी भावुकता की ऐसी फिसलन करोगे, यह उम्मीद न थी। यह बात ज़रूर है कि ऐसे धुआंधार व्यंग्य को अंत में रिजॉल्व करना आसान नहीं होता– मगर फिर ऐसा व्यंग्य भी तो आसान नहीं होता। जब मुश्किल रास्ता पकड़ा था, तो आसान हल की ओर क्यों बढ़ गए? एक ही उत्तर सोच पाता हूं– देशी फिल्मों और देशी ज़िंदगी में ऐसा ही होता है शायद और कहीं तुम्हारे मन में किसी पुरानी त्रासदी की फांस, उसकी कसक हंसते-हंसते अंत में गीली हो जाती आंखें!

(मनोहर श्याम जोशी का उपन्यास 'कुरु कुरु स्वाहा' पढ़ते हुए)

विनोद कुमार शुक्ल

एक दुनिया है बड़े-बड़े साहबों की और एक दुनिया है उनके छोटे-बड़े नौकरों की। नौकरी की लिखित या अलिखित वह बनी-बनाई कमीज़ है, जिसके मुताबिक़ हर आदमी/इंसान को अपने को काट-पीट कर उसमें फिट करना पड़ता है। इस कमीज़ी और साहबी व्यवस्था के ख़िलाफ़ इसमें फंसा आदमी विद्रोह करना चाहता है– नायक संतू की तरह अपनी तमाम छोटी-छोटी खीज, ग़ुस्से, उलझनों, परेशानियों द्वारा इस विद्रोह को अभिव्यक्ति भी देता है– पर अंततः उस कमीज में प्रतीकात्मक ढंग से आग लगाकर इसकी अमानुषिक जकड़ से लड़ते-लड़ते कमज़ोर और बेदम होता चला जाता है।

साहबी और नौकरी दुनिया के बीच इस गहरे तनाव और संघर्ष को विनोद कुमार शुक्ल ने अपने उपन्यास 'नौकर की कमीज' में एक कवि की बारीक़ भाषा, पुष्ट संवेदना और कल्पनाशील उक्तियों द्वारा मार्मिक अभिव्यक्ति दी है। विनोद कुमार शुक्ल की कविताओं के अनूठे शिल्प, संदर्भगर्भित वाक्य-विन्यासों के अप्रत्याशित जोड़-तोड़ वाली शैली से जो परिचित हैं, वे उस शैली की स्पष्ट छाप इस उपन्यास की भी भाषा में तुरंत पहचान सकेंगे। आमतौर पर किसी काव्य-शैली की छाप उपन्यास पर पड़े, यह उपन्यास के लिए ख़तरा पैदा कर सकता है। पर विनोद कुमार शुक्ल के उपन्यास की पहली सफलता मुझे इसमें ही लगी कि इस शैली का बहुत ही रचनात्मक इस्तेमाल इस उपन्यास में हुआ है– खासतौर पर पात्रों और प्रसंगों के माध्यम से इस विशिष्ट प्रकार की irony को उभारने में जो उनकी कविताओं की भी विशेषता

रही है। लेकिन उनका उपन्यास उन अर्थों में काव्यात्मक शैली में लिखा हुआ उपन्यास नहीं, जिन अर्थों में लॉरेंस डरेल के 'अलेक्ज़ेंड्रिया क्वार्टेट्स' हैं या भगवती चरण वर्मा का 'चित्रलेखा' या यशपाल का 'दिव्या'– जिनकी भाषा में कविता का सजावटी मुहावरा भर है, वह 'वक्रोक्ति गुण', 'तिरछी मार' नहीं, जिसे विनोद कुमार शुक्ल बहुत ही कुशलता से साधते हैं, एक सामाजिक विषमता की व्यापक त्रासदी को उभारने के लिए।

संतू बाबू, उनका घर, उनका दफ़्तरी परिवेश उपन्यास का एक पक्ष है और अगर साहब के घर उनकी मिल्कियत, उनका आभिजात्य उपन्यास का विपक्ष मानें, तो यह एक सीधी लड़ाई है, समाज के दो भिन्न वर्गों के बीच, समाज के विपन्न और संपन्न वर्गों के बीच, शाषकों और शोषितों के बीच, राम और रावण के बीच, और उसमें एक लड़ाई– या लड़ाई के पहले के तनाव– का पूरा रोमांच, घमासान जूझ और छक्के छूटने-छुड़ाने का समां है... इसके बाद बस इतना ही रह जाता है करने को या सोचने को या इच्छा करने को कि रावण का वध हो और वानर-सेना की मुश्किलों के बीच राम जीतकर अपनी सीता के साथ राज़ी-ख़ुशी घर लौटें।

लेकिन, विनोद कुमार शुक्ल के उपन्यास में इस प्रकार का सरलीकरण नहीं है, नायक बार-बार घर लौटता है और बार-बार वनवास पाता है। रावण नहीं मरता, उसकी सीता रावण के घर में बंधक है। जिस रावण में, जिस कमीज़ को वह फूंक देता है, वह महज़ एक पुतला है, जो हर साल जलाया जाता है, पर रावण नहीं मरता केवल प्रतीकात्मक रूप से मारा जाता है। यही इस उपन्यास की और जीवन की भी– मुख्य त्रासदी है। हम सब जीवन को सुखांत चाहते हैं, मगर जीवन को दुखांत पाते हैं। राम भी विजयी घर लौटते हैं, पर राज़ी-ख़ुशी नहीं– दूसरे संघर्ष में, सीता फिर वनवासिनी होती है, राम फिर दुखी। वह एक आदर्श– स्वप्न-स्थिति में नहीं लौटते, एक ऐसे यथार्थ में लौटते हैं, जिसमें संघर्ष जारी है। संघर्ष जारी रहता है क्योंकि जीतना दरअसल 'रामायण' नहीं 'महाभारत' है– 'धर्मक्षेत्रे कुरुक्षेत्रे समवेतः युयुत्सवः' वाली स्थिति।

एक उपन्यासकार जीवन को किस तरह देखता है, इस पर ही बहुत-कुछ निर्भर है कि वह अपनी रचना-संघर्ष को किस तरह संगठित और फिर resolve (विघटित) कराता है। तुलसी जिस प्रसंग को एक 'आदर्श' में resolve करते हैं, वाल्मीकि उसी प्रसंग को और आगे तक ले जाते हैं, राम-सीता के भौतिक अंत तक। (लेकिन वह आध्यात्मिक अंत नहीं हैं, जिसकी चर्चा अभी बाद में करूंगा) वाल्मीकि तुलसी की तरह आदर्शवादी नहीं हैं, अपेक्षाकृत, अधिक यथार्थवादी हैं– लेकिन व्यास की तरह नहीं, जो गीता में आदर्शवादी नहीं मनोवैज्ञानिक हैं। भारतीय जीवन-दृष्टि 'भौतिक अंत' को त्रासदी नहीं मानती, क्योंकि उसे अंतिम नहीं मानती। वह एक 'अमरता' एक 'भविष्य स्वर्गलोक' की कल्पना करती है, जहां मनुष्य चिरसुखी रह सकता है– इस मौजूदा दुनिया (यथार्थ) से परे। मार्क्स ने भी इस 'परे' की कल्पना की है। स्वर्ग, जिसे राम के हाथों से मरकर रावण भी प्राप्त करता है। लेकिन ज़्यादा बड़ी बात है, उस स्वर्ग को पाना नहीं, जितना उसे इस पृथ्वी पर उतार लाना। वह स्वर्ग एक सोने की चिड़िया है, जो राक्षसों के हाथों में है। इन राक्षसों को मारे बिना वह चिड़िया, जो दरअसल सबकी है, पाना असंभव है। 'एक दिन ज़रूर सब राक्षस मारे जाएंगे और आदमी जीतेगा' तब तक लड़ाई जारी है।

'नौकर की कमीज' का आदि-सांचा आसानी से पहचाना जा सकता है। नौकर एक मनुष्य है, साहब जैसी अमूर्त राक्षसीय ताक़त के ख़िलाफ़। 'मनुष्य' के पूरे यथार्थ को हम पहचानते हैं– उसमें आज जी रहे एक सादे आदमी की पूरी उत्कंठा और तक़लीफ़ों का जीता-जागता चित्रण है। साहब सिर्फ़ एक शैली, एक ताक़त है, जिसका कोई चरित्र नहीं, पहचान नहीं, चेहरा नहीं। वह अमानुषिक है, राक्षस है। संक्षेप में, दो में से एक मनुष्य है, दूसरा मनुष्य नहीं है : एक यथार्थ है, दूसरा यथार्थ नहीं। एक विकृति है– वह इस हद तक मनुष्य नहीं है कि नौकर को मनुष्य नहीं मानता। उस विकृति को नष्ट किए बिना मनुष्य मनुष्य का दर्जा नहीं पा सकता। हमारी लड़ाई की पहली सीढ़ी यही है कि हम

भी उसे मनुष्य नहीं, मनुष्य को खा जाने वाला राक्षस मानें– क्योंकि अगर हम उसे कहीं एक बार भी मनुष्य मान लेते हैं, तो लड़ाई बिल्कुल यथार्थवादी हो जाती है, आदर्शवादी नहीं। राम-रावण वाला देवता-राक्षस मिथक टूटकर कौरव-पांडव वाला महाभारत का इतिहास बन जाता है, जिसमें दो पक्ष ज़र-ज़मीन-जन के पीछे मर मिटते हैं। यथार्थ हमें कोई राहत नहीं देता। राहत किसी-न-किसी तरह के आदर्श की कल्पना में ही है, उसमें आस्था और भक्ति रखकर जीवन की लड़ाई लड़ने में ही है। इस माने में मार्क्सवाद इस युग का अध्यात्म है, जो संघर्ष के लिए कारण देता है और बदले में एक स्वर्ग का आश्वासन।

नायक संतू भी इस लड़ाई को लड़ता है, इस यक़ीन या आधे यक़ीन के साथ की एक दिन साहबियत ख़त्म होगी और उसे भी स्वर्ग मिलेगा। लकिन विनोद कुमार शुक्ल कोई भविष्यवाणी नहीं करते। वह नौकर के यथार्थ को इस तरह वाणी देते हैं कि कहीं वह एक– मनुष्य के मनुष्य के होने के ठोस एहसास को उतनी ही तीव्रता से जगाता है, जितना 'साहब' के 'साहब' होने की अमानवीयता को एक कुशल अमूर्तन द्वारा नापायेदार बनाता है। उस सूक्ष्म स्तर पर ही शुक्ल ने चुनाव किया है, ग़लत और सही स्थितियों के बीच एक आदमी में अच्छाइयों के ज़्यादा अस्तित्वगत, स्वभावगत और मिले-जुले सवालों में अगर वह फिलहाल नहीं जाते, तो शायद उनसे पलायन की नीयत से उतना नहीं, जितना एक तात्कालिक समस्या को प्रमुखता देने की नीयत से। संतू अपने को सोचता है, अपनी परिस्थितियों को सोचता है, पर उनके कारणों को 'साहब' से ज़्यादा दूर तक नहीं सोचता। यह संतू की सीमा हो सकती है, पर लेखक की भी यही सीमा है, मैं ऐसा नहीं मानना चाहता। साहब का अमूर्तन एक सरलीकरण है, जो 'नौकर' के पक्ष को नाटकीय बनाने का कारण तो बनता है, पर ख़ुद नितांत एकआयामी होने के कारण किसी प्रकार की स्वेच्छाचारी write-to-power का प्रतीक नहीं बन पाता। अगर वह अपने आपमें ऐसी किसी आततायी इच्छाशक्ति का प्रतीक नहीं है, तो फिर उन सूत्रों की ओर इशारा होना

चाहिए था, जो उसे आततायी शक्तियों का साधन बनाती हैं। वह संबंध सूत्र, जो 'साहब' और उसके साधन बड़े बाबू के बीच बनता है, साहब और उससे बड़ी शक्तियों के बीच होते हुए भी दिखाई नहीं देता– वह भी दिखाई देने लगता, अगर साहब का चरित्र इतना अमूर्त और बेपहचान न रखा जाता। एक पात्र को 'पहचान' देने का एक मक़सद ही शायद उसके सामाजिक संबंधों द्वारा दूसरे सूत्रों का उद्‌घाटन होता है। इससे उपन्यास का फ़लक फैलता और समस्या केवल एक नहीं, अपने बहुआयामी रूपों में प्रकट होती।

कहीं पढ़ा था कि एक अच्छी रचना में हर पात्र अपनी-अपनी जगह ठीक मालूम पड़ना चाहिए। उसमें चारित्रिक प्रामाणिकता होनी चाहिए। सही-ग़लत का विवेक एक कृति की संगठनात्मक तर्कशीलता से निकलना चाहिए, न कि चरित्रों के पक्षपातपूर्ण चित्रण द्वारा। नौकर जो है, उसके लिए दूसरे ज़िम्मेदार हैं, साहब जो हैं, उसके लिए अगर वह ख़ुद ज़िम्मेदार हैं, तो हम आदमी के स्वभाव को लेकर एक अंतर्विरोधी क़िस्म की धारणा सामने रख रहे हैं। प्रेमचंद 'गोदान' में 'शोषक शक्तियों' का अमूर्तन करते हैं– किसी एक पात्र का नहीं– जो 'होरी' के सशक्त मानवीय पक्ष के लिए एक वृहत्‌ 'बैक ड्रॉप' बनाता है। विनोद कुमार शुक्ल जब इस बैक ड्रॉप को एक 'साहब' पात्र में सीमित करते हैं, तो लामहाला, विपक्ष के प्रभाव, उसकी भूमिका को भी छोटा करते हैं। नौकर का विद्रोह एक आदमी के ख़िलाफ़ विद्रोह का मुद्‌दा है या एक पूरी व्यवस्था के ख़िलाफ़, यह शायद साहब के अमूर्तन द्वारा इतना अच्छा अभिव्यक्त नहीं हो सका, जितना शायद उसके भी यथार्थ चित्रण द्वारा हो पाता।

फिर भी, उपन्यास की सबसे बड़ी सफलता उसका वह अनूठा शिल्प है, जिसके द्वारा उपन्यासकार भाषा में एक नई धार और नोक पैदा करता है, जिससे उस जीवन की एक अत्यंत प्रामाणिक और आत्मीय तस्वीर उभरती है, जिस जीवन की विसंगतियों, ऊब, एकरसता और नाज़ुक यातना को उसने भरपूर महसूस किया है।

(विनोद कुमार शुक्ल का उपन्यास 'नौकर की कमीज़' पढ़ते हुए)

वागीश शुक्ल

'राम की शक्तिपूजा' पर 'बहुवचन' के कुछ अंकों में छपी वागीश शुक्ल की सारगर्भित टिप्पणियों को देखता रहा था। उन्हें पढ़ना निराला की 'सरोज स्मृति' और 'राम की शक्तिपूजा' को पढ़ने जैसा ही एक अनोखा अनुभव देता था। शब्दों के माध्यम से निराला की कविता की गहन और विस्तृत व्याख्या जिन विविध और दुर्लभ जानकारियों से हमारा घनिष्ठ परिचय कराती है, वह अपने आपमें एक उपलब्धि है। इस तरह का अध्ययन और चिंतनशील शास्त्रीय समीक्षा अब लगभग दुर्लभ होती जा रही है। भिन्न संदर्भों में डॉ. वासुदेवशरण अग्रवाल का 'पाणिनिकालीन भारत' और 'हॉब्सन जाब्सन' शब्दकोश याद आते हैं। शब्दों के अध्ययन और व्याख्या द्वारा वागीश हमें पूरी कविता की पृष्ठभूमि, उसकी अंतर्कथाओं, पुराकथाओं तथा रामकथा से संबंधित उसके अनेक पक्षों और संस्करणों के विशाल साहित्य-लोक में ले जाते हैं। न केवल 'राम की शक्तिपूजा' का, बल्कि राम-वाङ्मय का विराट ऐतिहासिक परिदृश्य हमारे सामने सजीव हो उठता है।

समीक्षा की इस पांडित्यपूर्ण शैली को लेकर भले ही कुछ जल्दबाज लोगों की वही प्रतिक्रिया हो, जैसा शेक्सपियर के एक पात्र ने कहा है– 'अवे विद हिम! अवे विद हिम! ही स्पीक्स लैटिन!' लेकिन मेरे जैसे पाठक के लिए इस पुस्तक का एक सतही अवलोकन भी कई मायनों में प्रेरणादायक रहा है। इसका लंबा परिचय विशेष रूप से मनन योग्य है : इस परिपाटी में लिखे गए अनेक ऐसे ग्रंथ याद आते हैं, जिनकी भूमिकाएं उनके मूल पाठ से भी अधिक मूल्यवान प्रतीत होती हैं : शायद

'शृंगार-हाट' का भी नाम इस सिलसिले में लेना ग़लत न होगा। जो विशेष गुण वागीश के अध्ययन को हमारे लिए सबसे अधिक उपयोगी और महत्त्वपूर्ण बनाता है, वह उनका उन भाषाओं पर पूरा अधिकार, उनके साहित्यों की विशद जानकारी है, जिनकी आज की हिंदी खड़ी बोली के निर्माण और विकास में निर्णायक भूमिका रही है– मूलतः संस्कृत, फारसी, अपभ्रंश, अवधी, ब्रज, उर्दू आदि। संस्कृत काव्यशास्त्र की आलोचना-पद्धति की दिलचस्प अनुगूंजें उनकी समीक्षा में बराबर मौजूद रहती हैं : खंडन-मंडन को लेकर उन परंपराओं की ध्वनियां हमें नई तरह से आकृष्ट करती हैं। वागीश शुक्ल ने आज के कई मान्य समीक्षकों पर भी टिप्पणियां की हैं, लेकिन अत्यंत मर्यादित ढंग से और अपनी बात को श्रम से इकट्ठा किए गए प्रमाणों से पुष्ट करते हुए।

इस ग्रंथ को पूरा पढ़ जाना एक छोटा-मोटा पराक्रम ज़रूर होगा, लेकिन मुझे विश्वास है कि श्रम बेकार नहीं जाएगा। मुझे तीन-चार दिन पहले जब अप्रकाशित पुस्तक के पृष्ठ मिले, तो एक बार तो हिम्मत हार गया, लेकिन भूमिका पढ़ते हुए लगा कि 'राम की शक्तिपूजा' के बहाने यह हमें अपने पारंपरिक साहित्य के एक ऐसे समृद्ध लोक में ले जाती है, जिसे जानना अपनी संस्कृति को नई तरह जानना है। शायद ऐसे ही किन्हीं क्षणों में सेनेका ने कहा होगा : 'व्हाट-एवर इज वेल-सेड बाइ अनदर, इज माइन!' और इस पुस्तक को यदि धीरज और मनोयोग से पढ़ा जाए, तो इसमें बहुत-कुछ ऐसा मिलेगा, जिसके लिए हम कह सकते हैं : 'वेल-सेड!'

वागीश शुक्ल की समीक्षा में अतिवाद नहीं है : एक सावधान समन्वय पाने की कोशिश है। उनकी पृष्ठभूमि केवल एक शास्त्रविद् की नहीं, गणितज्ञ और विज्ञानी की भी है, जिसकी स्पष्ट झलक हम उनके इस तरह के कथनों में पाते हैं : 'जब प्रौद्योगिकी धर्म गढ़ती है, तो वह एक किताब को स्वीकार करती है, जिसमें सारे जवाब हैं। जाहिर है कि यह किताब मनुष्य को दो हिस्सों में बांटती है और जब भी एक किताब का दूसरी से सामना होता है, एक किताब के मानने वाले दूसरी किताब

को अफ़ीम बताते हैं। प्रौद्योगिकी के पास ऐसे ही नुस्खे होते हैं। कला के पास किताब नहीं होती, किताबें होती हैं।' वागीश शुक्ल की किताबों की दुनिया अनेक विषयों, भाषाओं और संस्कृतियों में फैली हुई है।

'राम की शक्तिपूजा' को अरसे से पढ़ता और सुनता आ रहा हूं। इस पढ़ने और सुनने की कई यादें मन में हैं। मिल्टन के 'पैराडाइज़ लॉस्ट' और 'पैराडाइज़ रीगेंड' के लिए आर्किटेक्टॉनिक्स (वास्तु-शिल्प) और 'ग्रैंड-स्टाइल (भव्य-शिल्प) जैसे समीक्षा-पदों का इस्तेमाल किया जाता रहा है। मुझे ये दोनों पद 'राम की शक्तिपूजा' की गढ़न और गठन को समझने के लिए उपयुक्त जान पड़ते हैं, क्योंकि निराला की इस लंबी कविता में एक महाकाव्य के अगर सभी नहीं, तो उसके कुछ विशिष्ट गुण समाहित लगते हैं। यानी, उसे पढ़ते समय हमारे मन पर उसके स्थापत्य की भव्यता का पहला और गहरा प्रभाव पड़ता है। इस कविता की विशिष्टता को हम उसके शिल्प से अलग करके नहीं देख सकते, जो इस तथ्य का भी अकाट्य प्रमाण है कि शिल्प या फॉर्म में भी कथ्य की सी संप्रेषण-शक्ति प्राप्त कर लेने की क्षमता होती है। इस तथ्य को मन में रखते हुए कविता के स्थापत्य पर कुछ बातें मन में उठती हैं।

पहला सवाल बिल्कुल यथार्थवादी दृष्टि से उठता है– 'राम की शक्तिपूजा' की शब्द-छटा क्या केवल सजावटी है या इससे गहरा भी इसका कोई आशय– परोक्ष या प्रत्यक्ष– हो सकता है? स्वभाव से विश्वासी नहीं हूं, लेकिन मनुष्य की उस विश्वासजनित ऊर्जा में विश्वास करता हूं, जिसने संसार को महान कलाकृतियां, साहित्य, शिल्प और इमारतें दी हैं। उन्हें देखता हूं, तो चकित रह जाता हूं कि कैसे मनुष्य अपने विश्वासों को साकार करने में स्वयं अपने विश्वासों का स्वरूप बन जाता है। निराला के संपूर्ण व्यक्तित्व में उनके शक्ति-पक्ष की ठीक-ठीक क्या जगह बनती है, कह पाना मुश्किल है, लेकिन निश्चय ही 'राम की शक्तिपूजा' में उसकी एक स्फूर्त और सुदृढ़ छवि उभरती है। सुदृढ़ शब्द मैं मूलतः उसके स्थापत्य को ही ध्यान में रखकर कह रहा हूं। 'राम की

शक्तिपूजा' को जब भी पढ़ता या सुनता हूं तो मेरे मन में एक विशाल मंदिर के सघन और संतुलित स्थापत्य की छवि उभरती है, जो अपनी संपूर्णता में भी उतना ही भव्य और सौम्य लगता है, जितना अलग-अलग खंडों में– खंड जिनका शिल्प और पच्चीकारी का पूरे मंदिर की अपेक्षा स्वतंत्र, और सम्मिलित भी, एक सुंदर योग बनता है। निराला शब्दों को इस तरह रखते हैं, मानो उन्हें अनेक लघु शिल्प-चित्रों में गढ़कर एक बृहत्तर योजना में समाहित कर रहे हों, जिसमें वह शब्दों के अर्थों से भी अधिक उनकी ध्वनियों को लेकर सावधान हों। एक कला, जो हमें बराबर उस लंबी काव्य-परंपरा की याद दिलाती है, जिनमें 'दिव्य' या 'दैवी' गुण का ओजस्वी उद्‌बोधन मुखर होता है। इस कविता से निराला ने हिंदी खड़ी बोली में उस गुण को संभव बनाया है, जो केवल संस्कृत में ही संभव समझा जाता था। बरबस इस ओर ध्यान जाता है कि छायावाद कई मानों में प्रयोगवाद का पूर्वकाल भी था और अगर प्रसाद और पंत की कविताएं ब्रजभाषा की मधुर भाव-संपदा का खड़ी बोली में विस्तार थीं, तो निराला के 'प्रयोग' संस्कृत-काव्य से लेकर ठेठ अवधी तक की खरी काव्यभूमि को समेटते हैं।

मंदिरों के स्थापत्य की बात मैंने एक खास उद्‌देश्य से की है– फिलहाल उसके स्थापत्य को ही ध्यान में रखते हुए, उसके श्रद्धा या आराधना पक्ष को नहीं। संतुलन, अनुपात, प्रतिसमता (सिमेट्री), केंद्रीय-एकाग्रता (सेंट्रेलिटी) जैसे गुणों को सोचें, तो 'राम की शक्तिपूजा' का सुडौल और सघन स्थापत्य क्लैसिक्स की याद दिलाता है– मानो पूरी रचना एक बहुत बड़ी शिला से तराशकर समूची निकाली गई हो। हिंदी खड़ी बोली का उस समय जो भी सामर्थ्य रहा हो, पर 'निराला' और 'प्रसाद' जैसे कवियों के सामर्थ्य की दाद देनी पड़ती है, जो उस समय खड़ी बोली जैसी अनगढ़ और खुरदरी भाषा से भी गढ़कर 'राम की शक्तिपूजा' और 'कामायनी' जैसी कृतियां निकाल सके! अकेले निराला की ही कविता की पूरी भाषायी देन को सोचें, तो आज भी हिंदी भाषा का ऐसा कोई पक्ष नजर नहीं आता, जिसका पूर्वाभास

निराला में न मिल जाए। भाषा के मामले में हिंदी का परवर्ती साहित्य छायावाद के इस पक्ष का हमेशा ऋणी रहेगा।

अभी मैंने 'राम की शक्तिपूजा' को सुनने– यानी पढ़कर सुनाए जाने के अनुभव का जिक्र किया है। काव्य-पाठ को सुनने की कई गहरी यादें मन में हैं। बहुत पहले लखनऊ में एक बार स्वयं निराला से 'जागो फिर एक बार' सुनने की स्मृति भी मन में है। कविता को लेकर उस समय अधकचरी समझ के बावजूद उसे निराला से सुनना एक रोमांचक अनुभव था। 'राम की शक्तिपूजा' को पहली बार गिरिजा कुमार माथुर से और बाद में डॉ. शिवमंगल सिंह 'सुमन' से सुनने का अवसर मिला। कविता में आकंठ डूबकर पढ़ने का ऐसा अद्भुत उत्साह कम ही कवियों में अब देखने को मिलता है। अज्ञेय हिंदी की वाचिक परंपरा और काव्य-पाठ को लेकर विशेष सतर्क थे।

इस संबंध में एक दूसरे तथ्य की ओर भी ध्यान जाता है। ज़रूरी नहीं कि हर कवि अपनी कविताओं का बहुत अच्छा पाठ कर सके : अक्सर अभिनेता या संवेदनशील नाट्यकर्मी एक कविता के मर्म को अपने पाठ द्वारा बेहतर उजागर कर पाते हैं। रामगोपाल बजाज, सत्यदेव दुबे, अलकाजी, शम्भु मित्र सरीखे नाट्यकर्मियों से कविताओं को सुनना मानो कविताओं के एक बृहत्तर 'ध्वनि-लोक' से नई तरह परिचित होना है– 'ध्वनि' शब्द मैं यहां संस्कृत-काव्यशास्त्र के संदर्भ को भी सोचते हुए कह रहा हूं, केवल ध्वनित या आवाज के अर्थ में नहीं। उस सचाई, ऐतिहासिक सचाई का गहरा एहसास ज़रूरी है कि कविता और नाटक का अंतरंग संबंध पुराना और स्थायी है। 'राम की शक्तिपूजा' के नाटकीय गुण असंदिग्ध हैं और निराला उसके प्रति पूरी तरह सचेत रहते हैं। मिथकीय कथानक बहुत क्षिप्र गति से आगे बढ़ता है : उसमें कहीं भी अवरोध नहीं आता, और उसमें बाकायदा नाटक के उन सभी क्लैसिकल तत्त्वों का सकुशल निर्वाह होता है, जो इस कृति को कविता ही नहीं, एक श्रेष्ठ नाटक के स्तर तक उठाते हैं। वागीश ने एक जगह इस कविता के नैरेटिव को कई भागों में विभाजित करके भी विश्लेषित

किया है। उपन्यास के 'परिच्छेद' या नाटक के 'दृश्य' संभवतः इस कविता की संश्लिष्ट संरचना को समझने में कुछ उसी तरह मदद कर सकते हैं, जैसे एक महाकाव्य को समझने में एक बड़ी रचना अपनी पहुंच में साहित्य की अनेक विधाओं का स्पर्श करती है : 'राम की शक्तिपूजा' उसी तरह एक छोटा-मोटा महाकाव्य है, जिस तरह गुलेरी जी की कहानी 'उसने कहा था' एक छोटा-मोटा उपन्यास!

आधुनिक हिंदी भाषा के स्वभाव और संरचना के विकास पर भारत की हजारों साल पुरानी और सशक्त वाचिक परंपरा का गहरा और स्थायी प्रभाव रहा है। हिंदी के वैदिक अतीत से लेकर रीतिकाल तक कविता पढ़ी जाती रही है– उसके श्रोतागण चाहे राजदरबारी रहे हों, चाहे साधारण जन। इस अनिवार्य ज़रूरत ने हिंदी भाषा को एक अलग तरह की शब्द और वाक्य-योजना दी। मेरा मतलब भाषा के तुरंत प्रभावी पक्ष से है, उसके रेटॉरिकल पक्ष से उतना नहीं, लेकिन तुरंत प्रभाव डालने या समझ में आने के पीछे, बौद्धिक की अपेक्षा भावमूलक शब्द-योजना (इमोटिव आस्पेक्ट) प्रमुख रही।

'स्मरणीयता' दूसरी ज़रूरत थी, जिसने हिंदी में एक ख़ास तरह के शब्द-चयन को प्रोत्साहित किया। वाचिक परंपरा के अनेक ऐसे तत्त्व हैं, जिन्होंने न केवल हिंदी भाषा की प्रकृति बल्कि हिंदी भाषा में सोच-विचार की पद्धति को भी दूर तक प्रभावित किया है। वैसे तो सभी भाषाओं का आदि-काल वाचिक रहा है : लेकिन हर भाषा की वाचिक परंपरा इतनी दृढ़ और अटूट नहीं रही है, जैसी भारतीय भाषाओं की– और इस तथ्य का लिखित आधुनिक हिंदी पर बुनियादी असर पड़ा है, जिसका स्वरूप अंग्रेज़ी के समांतर भी बनता रहा है। इस तथ्य का गहरा और तात्विक अध्ययन ज़रूरी है कि न केवल हमारे चिंतन के तरीक़ों पर बल्कि साहित्य-रचना पर भी भाषा की लंबी वाचिक परंपरा का– जो प्रमुखतः काव्यात्मक रही है– किस तरह का गुणात्मक असर पड़ा है, बनिस्बत अंग्रेज़ी जैसी भाषाओं के, जिनका विकास-काल उनके लिखित रूप से जुड़ा है। मेरी बात विस्तार से अधिक स्पष्टीकरण

मांगती है, फिर भी यहां इस बात को उठाने का मक़सद 'राम की शक्तिपूजा' के उस पक्ष पर एक दृष्टिपात है, जो उसे अगर एक ओर हमारी दीर्घ वाचिक परंपरा से जोड़ती है, तो दूसरी ओर इसके प्रति भी सचेत करती है कि कविता के वाचिक आग्रहों और मौजूदा बोलचाल की भाषा के बीच बहुत दूर का रिश्ता नहीं है। संभवतः भाषा की शास्त्रीय जानकारी भी हमें बोलचाल की भाषा को साहित्य-रचना में बेहतर पचा सकने में मदद करती है। वागीश शुक्ल की 'राम की शक्तिपूजा' का यह गंभीर अध्ययन केवल एक कविता का अध्ययन नहीं है, उस पूरे साहित्यिक परिदृश्य का अध्ययन है, जिसमें हमारे समय की एक अद्वितीय कविता संभव हुई।

(निराला की कविता 'राम की शक्तिपूजा' पर वागीश शुक्ल की टीका पढ़ते हुए)

धर्मवीर भारती

सन् 1960 में धर्मवीर भारती द्वारा संकलित व अनूदित इक्कीस देशों की एक सौ इकसठ आधुनिक कविताओं का भारतीय ज्ञानपीठ द्वारा प्रकाशन अनुवाद के क्षेत्र में एक छोटी-मोटी घटना था। 'विश्वकाव्य के प्रवाह से सीधे साक्षात्कार' की दिशा में यह एक महत्त्वपूर्ण कोशिश थी। आज जब कि वैश्वीकरण के संदर्भ में भी अनुवादों की ज़रूरत और महत्त्व को नए सिरे से अनुभव किया जा रहा है, 'देशांतर' सहज ही हमारा ध्यान एक बार फिर आकृष्ट करता है और इसके बहाने अनुवाद के कई पक्षों पर थोड़ा विचार उपयोगी हो सकता है। लेकिन इससे पहले, दो शब्द 'देशांतर' और अनुवादक पर ज़रूरी हैं।

आधुनिक विश्व कविता के प्रति जो संवेदनशील पहचान इस संकलन से बनती है, उसमें व्यापकता, विविधता और उदारता है, किसी एक 'वाद' या मत का दुराग्रह नहीं। कविता की उत्कृष्टता पर मुख्य दबाव है और यह अनुवादक की रुचि-संपन्नता और साहित्यिक समझ के पक्ष में सबसे बड़ी तस्दीक़ है कि आज संकलित कवियों में से अधिकांश विश्व स्तर के कवि माने जा चुके हैं। इनमें से अनेक ऐसे कवि हैं, जो 1960 तक विश्व स्तर पर अपनी पक्की पहचान नहीं बना सके थे। उदाहरण के लिए, कवि के रूप में अर्जेंटीना के बोर्ख़ेस (1899-1986) को ख्याति 1960 के काफ़ी बाद में मिली, जब पेंगुइन से उनकी 'लेब्रिंथ' छपकर आाई। इससे पहले छिटपुट रूप से यूरोपियन नई कविता जॉन लेमन द्वारा प्रकाशित 'पेंगुइन न्यू राइटिंग' और 'एनकाउंटर' में ही छप रही थी। भारती ने संभवतः कवियों और उनकी कविताओं का चुनाव वहीं से किया होगा, या फिर

किसी ऐसी ऐंथोलॉजी से, जो पचास के दशक में निकली होगी।

'देशांतर' में स्रोत इंगित नहीं– न ही उन अंग्रेज़ी अनुवादों का हवाला है, जिनसे भारती ने कविताओं का हिंदी में अनुवाद किया। इसी तरह कवाफ़ी के भी अंगेज़ी अनुवादों का कोई ज़िक्र नहीं है। मेरा अनुमान है कि कवाफ़ी की कविताओं का अनुवाद संभवतः मात्रोगोर्दातो के अनुवादों से किया गया होगा, जो उस समय होगर्थ प्रेस द्वारा प्रकाशित हो चुका था। ई एम फॉस्टर कवाफ़ी के अनन्य प्रशंसकों में से थे और बहुत-कुछ उन्हीं की प्रेरणा से कवाफ़ी अंग्रेज़ी पाठकों के बीच लोकप्रिय हुए। बहरहाल, स्रोत जो भी रहे हों, 'देशांतर' ने उस समय आधुनिक विश्व-कविता की जो एक वृहत् झांकी प्रस्तुत की, वह आज भी हमें थोड़ा चकित करती है और भारती की दूरदृष्टि के लिए हिंदी साहित्य हमेशा उनका कृतज्ञ रहेगा। यह बात थोड़ी अजीब ज़रूर लगती है कि भारती जैसे सजग अनुवादक ने स्रोतों का विवरण देना ज़रूरी नहीं समझा।

भारती के वक्तव्य में कई ऐसी बातें हैं, जिनकी ओर विशेष ध्यान जाता है। शुरू में उनकी एक स्वीकारोक्ति द्रष्टव्य है : 'कुछ महत्त्वपूर्ण कवि ऐसे भी हैं, जिनका अनुवाद करना संभव नहीं प्रतीत हो सका, अतः उनकी कृतियां सम्मिलित नहीं की जा सकीं।' अंग्रेज़ी से हिंदी में अनुवाद की जिस कठिनाई की ओर भारती का संकेत है, वह केवल अंग्रेज़ी और हिंदी के बीच की बात नहीं है। बावजूद इसके कि अंग्रेज़ी संसार की एक अत्यंत विकसित भाषा है, ज़रूरी नहीं कि वह किसी भी भाषा के हर प्रकार के काव्य को अनुवाद में ग्रहण कर सकने में सक्षम हो। इसके बरक्स, यह भी संभव है कि अंग्रेज़ी से कम प्रचलित कोई भाषा किन्हीं ख़ास तरह की कविताओं को ग्रहण करने के लिए बेहतर साबित हो। ग़ालिब की शायरी की पूरी गरिमा को अंग्रेज़ी अनुवादों में ला सकना लगभग असंभव है, पर इसका यह मतलब नहीं कि अंग्रेज़ी एक कम विकसित भाषा है, या ग़ालिब एक कम उत्कृष्ट कवि हैं! संभवतः अंग्रेजी और उर्दू भाषाएं कविता की दृष्टि से परस्पर बहुत अनुकूल भाषाएं नहीं हैं। Language Compatibility (भाषायी अनुकूलता) से मेरा मतलब ख़ासतौर पर एक भाषा के

ऐतिहासिक-सांस्कृतिक अनुभवों से है। भूमध्य सागर के चारों ओर बसे यूरोपीय और एशियाई देशों के भाषा-अनुभवों में अनेक ऐसे तत्त्व हैं, जिनके मूल में यूनानी, ईसाई, भारतीय, इस्लामी आदि सभ्यताओं के मिले-जुले प्रभाव आसानी से खोजे जा सकते हैं– यानी हेलेनिज़्म के प्रभाव– जो इतालवी और स्पेनिश जैसी भाषाओं के स्वभाव में रच-बस गए हैं। अंग्रेज़ी की अपेक्षा भूमध्यसागर वाले क्षेत्र की भाषाएं कहीं अधिक पुरानी हैं, और कहीं अधिक उस ऐतिहासिक-सांस्कृतिक विरासत के निकट, जो हेलेनिज़्म नाम से सिकंदर द्वारा स्थापित या अलेक्ज़ेंड्रिया शहर की 332 ई.पू. में स्थापना के बाद लगभग एक हज़ार साल तक उस क्षेत्र में प्रभावी रहा। अंग्रेज़ी भाषा के इतिहास को अगर बहुत पीछे ले जाएं, तो भी वह शायद 'बिओवुल्फ़' (सातवीं सदी) से पहले नहीं जाता, और सही मायनों में तो अंग्रेज़ी अपनी पहचान चॉसर (11वीं सदी) और रेनेसां के बाद शेक्सपियर (16वीं सदी) में ही बना सकी। संभव है इस ऐतिहासिक पृष्ठभूमि के कारण अंग्रेज़ी कविताओं की अपेक्षा यूरोपीय भाषाओं की काव्य-परंपराएं एशियायी और भारतीय कविता की भावभूमि के अधिक निकट पड़ती हैं। 'देशांतर' में इंग्लैंड और अमेरिकी कवियों के अनुवादों की अपेक्षा ग़ैर-अंग्रेज़ी भाषायी कवियों के अनुवाद, भावनात्मक स्तर पर, भारतीय संवेदना के अधिक निकट महसूस होते हैं। मूल अंग्रेज़ी कविता के चुनावों में भारती ने यह सावधानी रखी कि कविताओं की भावभूमि अधिक-से-अधिक भारतीय संवेदना के निकट हो : एज़रा पाउंड, वैलेस स्टीवेंस, कार्ल सैंडबर्ग, ई ई कमिंग्स, कार्लोस विलियम्स, जेम्स जॉयस, ऑडेन, डिलन थॉमस, एडिथ सिटवेल आदि की चुनी कविताओं में हम इस सावधानी को स्पष्ट देख सकते हैं। लेकिन ये कविताएं होते हुए भी इन कवियों की शायद 'टिपिकल' कविताएं नहीं हैं, जिनका अनुवाद हिंदी में काफ़ी अटपटा लग सकता था।

इनकी अपेक्षा जब हम कवाफ़ी और साइकेलियानोस (ग्रीस), बोर्ख़ेस (अर्जेंटीना), उंगारेत्ती (इटली), गीएन (क्यूबा), मिस्त्राल (चिली), रिल्के और ब्रेख़्त (जर्मनी), नाज़िम हिकमत (तुर्की), वाय्यख़ो (पेरू), लुई आरागों, पॉल एलुआर, ज्हाक़् प्रेवेअर, रूहाने शार, आरीं मीशों (फ्रांस),

अन्द्रादे (ब्राजील), आक्टेवियो पाज़ (मैक्सिको), उनामुनों, मशादों, अल्बर्ती, लोर्का, हर्नान्देज़ (स्पेन), ब्लोक, मायकोव्स्की, आख़्मातोवा, पास्तरनाक (रूस) आदि की कविताएं पढ़ते हैं, तो उनका मिज़ाज बहुत पराया नहीं लगता। यह सही है कि अंग्रेज़ी में अनुवादों के कारण अनुवादों की प्राथमिक दिक़्क़तें बहुत हद तक हल हो चुकी होती हैं, फिर भी मुझे ऐसा लगता है कि हिंदी में उपरोक्त कवि काफ़ी हद तक अक्षुण्ण रहते हैं, बनिस्बत अंग्रेज़ी कवियों के। हम ध्यान दें कि उपरोक्त अधिकांश कवियों की भाषाओं की पृष्ठभूमि में वे ही भाषाएं हैं, जो भूमध्यसागर वाले देशों में विकसित हुईं और उनकी प्राचीन परंपराएं किसी-न-किसी रूप में 'हेलेनिज़्म' तक जाती हैं।

ऊपर दिए गए कुछ नामों से ही पता चल जाता है कि बीसवीं सदी की कविता के एक वृहत् और विविध क्षेत्र को इस संकलन में समेटने की कोशिश की गई है। निश्चित रूप से नहीं कहा जा सकता कि अनुवाद की प्रामाणिकता की दृष्टि से भारती के अनुवादों को किस कोटि का माना जा सकता है, पर इन अनुवादों में मूल की सी पठनीयता है, जो अपने आपमें एक बड़ी बात है। ख़तरा वहां उपस्थित होता है, जहां एक ही अनुवादक द्वारा किए गए भिन्न प्रकार की कविताओं में भी एकरसता का आभास होने लगे। कवियों के बीच बुनियादी फ़र्क़ को बरक़रार रखते हुए भी शायद इस बात का ज़्यादा ध्यान रखा गया है कि कविताएं अनुवाद में अटपटी न लगें : अनुवादक की स्पष्ट छाप इस कोशिश के रूप में झलकती है। धर्मवीर भारती ने अकेले यह साहस किया और आधुनिक कविता का एक वैश्विक परिप्रेक्ष्य हमारे सामने रखा।

(धर्मवीर भारती द्वारा अनूदित और संपादित पुस्तक 'देशांतर' पढ़ते हुए)

गो हाथ को जुबिंश नहीं, आंखों में तो दम है,
रहने दो अभी साग़र-ओ-मीना मिरे आगे

– ग़ालिब

संस्मरण

अज्ञेय

अज्ञेय से मेरी पहली मुलाकात सन् 50 के आसपास हुई थी। पहली भेंट दिल्ली ऑल इंडिया रेडियो में हुई। यह वह समय था, जब हिंदी साहित्य और क्लैसिकल भारतीय संगीत ने लगभग साथ-साथ रेडियो में अपनी एक निश्चित जगह बना ली थी। खासकर दिल्ली, इलाहाबाद और लखनऊ के रेडियो केंद्रों पर हिंदी साहित्यकारों का ख़ासा दबदबा था। दिल्ली रेडियो में उस समय अज्ञेय, रघुवीर सहाय, रामनाथ अवस्थी, ओंकारनाथ श्रीवास्तव (जो बाद में *बीबीसी* में लंदन चले गए) आदि अनेक साहित्यकार मौजूद थे।

रघुवीर ने अज्ञेय जी से मेरा परिचय कराया। मैं उठने लगा, तो अज्ञेय जी ने बैठे रहने का संकेत किया और स्वयं सामने की मेज पर बैठ गए। थोड़ी-बहुत बात हुई। *प्रतीक* का जिक्र भी चला। और लखनऊ आऊंगा, तो मिलूंगा पर बात समाप्त हुई...

नहीं, पर बात समाप्त नहीं हुई। लखनऊ आए तो मिले और यह सिलसिला आगे बढ़ता गया। लखनऊ आते तो मेरे ही साथ ठहरते। यह मेरे लिए एक सुखद संयोग होता। उनके आने पर अनेक साहित्यकार और कलाकार मित्र भी इकट्ठा होते। सिर्फ़ लखनऊ के ही नहीं, कभी-कभी इलाहाबाद से आए कवि-लेखक मित्रों के आने का संयोग भी बन जाता। लेकिन ऐसा कोई संयोग याद नहीं आता, जब यशपाल जी, नागर जी या भगवती बाबू भी वहां रहते हों, यद्यपि वे मेरे लगभग रोज़ के ही मिलने-जुलने वालों में से थे; यशपाल जी और भगवती बाबू तो महानगर में मेरे पड़ोसी ही थे। धीरे-धीरे मैंने जाना कि अज्ञेय हरेक से बहुत खुलकर नहीं मिलते

थे, लेकिन जिनके साथ मन बैठता था, उनसे निःसंकोच होकर बातें करते थे। शायद उनके स्वभाव के इसी पक्ष को लेकर उन पर 'अहंवादी' और आत्मनिष्ठ होने के आरोप भी लगे, जो उनके साहित्य के मूल्यांकन तक में प्रतिबिंबित होते रहे।

इसमें संदेह नहीं कि अपने व्यवहार और सोच में किसी हद तक अज्ञेय आत्महठी व्यक्ति थे, लेकिन इस हठ को मैंने कभी अशिष्ट अथवा उग्र रूप में प्रकट होते नहीं देखा। उनकी आत्म-संस्कृति का यह दूसरा पक्ष मुझे आकृष्ट करता था। वह ग़ुस्सा पी जाते थे, पर उसे उगलते नहीं थे। जो बात उन्हें नागवार लगती थी, उस पर असहमति या प्रतिक्रिया का उनका अपना तरीक़ा था, जो भभककर बाहर नहीं आता था; मानो धीरे-धीरे, लेकिन पूरी तरह और ढंग से व्यक्त होता था। कभी उपेक्षा की भाषा में, तो कभी अवांछनीय के प्रति बिल्कुल उदासीन हो जाने में। लेकिन जिन्हें वह पसंद करते थे, उनके प्रति किसी भी हद तक उदार हो सकते थे। यह धारणा ग़लत है कि वह उन्हें ही पसंद करते थे, जो उनकी हां-में-हां मिलाते थे।

मेरे और अज्ञेय के बीच मतभेद के कई मौक़े आए, लेकिन उनकी वजह से हमारे आपसी संबंधों में कटुता कभी नहीं आई। कम-से-कम मुझे उन्होंने इसका आभास कभी नहीं होने दिया। कुछ प्रसंगों का उल्लेख करना चाहूंगा। *नया प्रतीक* का जब संपादक-मंडल बना, उस समय उसमें शामिल होने में मुझे, और रेणु जी को भी, थोड़ी हिचकिचाहट थी। रेणु जी के जो कारण रहे हों, पर मुझे ऐसा लगा कि लखनऊ बैठे मैं उसमें कोई बहुत सक्रिय हिस्सेदारी नहीं निभा पाऊंगा। उस समय अज्ञेय जी का मान रखते हुए हम दोनों ही मना नहीं कर सके। लेकिन हम दोनों ही *नया प्रतीक* में बहुत सहज अनुभव नहीं कर रहे थे। नाम के लिए कहीं भी नाम देना मुझे ठीक नहीं लगता। बाद में मेरे और रेणु जी के नाम वापस लिये जाने पर अज्ञेय जी राजी तो हो गए, पर अधूरे मन से। वह क्षुब्ध तो थे, लेकिन मेरे असमंजस को भी समझ रहे थे। शायद हमारे बीच मधुर संबंधों के बने रहने का एक

बड़ा कारण यही था कि मैंने अपने मन की बात हमेशा स्पष्ट कहना पसंद किया, कूटनीति का आश्रय नहीं लिया। मुझसे अधिक इसका श्रेय अज्ञेय की उस आत्म-संस्कृति को जाता है, जिसमें दूसरे की स्वतंत्रता के प्रति उदार जगह थी।

इसी तरह 1981 में लखनऊ के 'साक्षरता निकेतन' में वत्सल-निधि का पहला लेखक शिविर हुआ। मुझे जब बीच ही में दो दिन के लिए भोपाल जाना पड़ा, तो अज्ञेय जी ने इसका काफ़ी बुरा माना था, पर मुझसे कहा कुछ नहीं। अपने वक्तव्य के दौरान भी संभवतः मैंने ऐसा कुछ कह दिया था (ठीक बात याद नहीं), जो उनको अच्छा नहीं लगा, और वह थोड़ी देर के लिए बैठक से उठकर बाहर चले गए। मेरे बाद में बहुत पूछने पर भी बस मुस्कराते हुए चुप ही रहे। जैसे भीतर एक बेचैनी-सी जगाकर बात को वहीं समाप्त कर देना चाहते हों। बाद में उसी शाम स्वयं ही कहकर वह और इला जी हमारे घर पर भोजन करने आए।

इसी सिलसिले में एक और प्रकरण याद आता है। *चौथा सप्तक* के बाद अज्ञेय जी के मन में एक और सप्तक निकालने की बात थी। मुझसे बात की, तो मैंने सलाह दी कि *सप्तक शृंखला* को अब समाप्त कर एक नया और ज़्यादा समावेशी संकलन निकाला जाए, तो बेहतर होगा। *चौथा सप्तक* इस बात का संकेत है कि 'सप्तकों' का काम अब पूरा हो चुका। नए काव्य-परिदृश्य के लिए नए तरह के काव्य-संकलन की ज़रूरत है। उस समय तो बात आई-गई हो गई। पर कुछ समय बाद उन्होंने मुझे कवियों की एक लंबी सूची भेजी, जिन्हें वह एक प्रस्तावित संचयन में रखना चाहते थे। सूची मुझे थोड़ी अटपटी लगी, क्योंकि उनमें बहुत साधारण कवि रखे गए थे और अनेक जाने-माने नाम अनुपस्थित थे। मैंने इस असंतुलन की ओर उनका ध्यान खींचा। मैंने कुछ कवियों के नाम भी सुझाए जिन्हें, मेरी राय में, अवश्य रखा जाना चाहिए था। अज्ञेय जी सहमत नहीं थे, पर मेरी बात भी नहीं काटना चाहते थे। हम दोनों ही के लिए यह असहज स्थिति बन गई थी, क्योंकि संपादक के

रूप में हम दोनों का नाम जाना था। बाद में अज्ञेय जी ने उस योजना को चुपचाप रद्द कर दिया। न मुझसे कुछ कहा, न वह बात कभी हमारे आपसी संबंधों के बीच किसी तरह का ख़लल डाल सकी।

एक बड़े लेखक या कलाकार का प्रभाव-क्षेत्र उसकी स्वयं की कृतियों से ज़्यादा बड़ा हो सकता है, भले ही वह उसकी कृतियों से निकलता हो। जिस समय मैंने अज्ञेय के *हरी घास पर क्षण भर* को जाना, मैं लखनऊ विश्वविद्यालय में अंग्रेज़ी साहित्य में एम.ए. कर रहा था। रघुवीर सहाय मेरे सहपाठी थे। संग्रह की अनेक कविताएं रघुवीर ने मुझे पढ़कर सुनाईं। उसी समय मैं फ्रेंच में 'प्रॉफिशियंसी' का कोर्स भी कर रहा था। फ्रेंच प्रतीकवादियों और प्रयोगवाद, आधुनिक काव्य-बोध आदि की बात हिंदी में भी चल रही थी। अज्ञेय उस दिशा में सोच रहे थे और उस ओर ध्यान जाना (मेरे समय के किसी भी जागरूक कवि का ध्यान जाना) स्वाभाविक था। अज्ञेय के प्रभाव का, उस समय के काव्य-चिंतन को, इस ज़्यादा बड़े काव्य-संसार की ओर उन्मुख कराने में प्रमुख भूमिका रही है। इसलिए सप्तकों के लगभग सभी कवि अपनी-अपनी तरह विकसित हुए, न कि किसी एक परिपाटी के अनुसार। प्रभावों को लेकर स्वयं अज्ञेय का उदाहरण उन्मुक्त था, न कि किसी लीक-रीति से बंधा हुआ।

प्रभावों को बहुत यांत्रिक ढंग से नहीं समझा जा सकता। मुझ पर दूसरे लेखकों के जो भी प्रभाव पड़े, वे आमतौर पर सांकेतिक ढंग से ही। स्वयं अज्ञेय पर भी दूसरों के प्रभाव अत्यंत प्रच्छन्न रूप में ही आए। इसीलिए शायद हमारी पीढ़ी पर भी उनका ख़ुद का असर कुछ इस तरह का रहा कि हर कवि अपनी तरह विकसित हो सका, क्योंकि अज्ञेय ने मौलिक लेखन की प्रमुख शर्त को एक लेखक की बौद्धिक आज़ादी से और काव्य-रचना की बुनियादी ज़रूरतों से जोड़ा। वैचारिक आग्रहों की अपेक्षा वैचारिक स्वतंत्रता को अधिक महत्त्व दिया। 'प्रयोग' शब्द पर ज़ोर देना कहीं इस 'अप्रोच' को भी रेखांकित करता-सा लगता है कि काव्य-रचना का एक अर्थ यह भी है कि वह कविता के तात्विक और अवयवी सामग्री

की रसायनशाला है। संस्कृत काव्यशास्त्र की ओर भी ध्यान जाता है। रस, ध्वनि, वक्रोक्ति, औचित्य, अलंकार वगैरह सभी काव्य-रचना के मूलाधारों से जुड़ते हैं, और उनकी गहरी जड़ें भाषा, शब्द, संप्रेषण, साधारणीकरण, प्रतीकात्मकता, बिंब-विधान आदि के अध्ययनों में हैं। इसीलिए भाषा-विज्ञान का न केवल संस्कृत-समीक्षा, बल्कि पाश्चात्य समीक्षा-शास्त्र में भी केंद्रीय स्थान रहा है।

'कथ्य' को प्रमुखता दें, तो भी यह समस्या अपनी जगह बनी रहती है कि उसे अधिक-से-अधिक प्रभावशाली ढंग से दूसरों तक कैसे पहुंचाया जाए। कविता यदि भाषा के इन छिपे संसाधनों को प्रयोगों द्वारा खंगालती है, तो क्या यह नाजायज़ चेष्टा है? या काव्य-रचना की एक अनिवार्य शर्त? क्या शमशेर जैसे कवि की 'प्रयोगशीलता' को उनके 'कथ्य' से अलग किया जा सकता है? *सप्तकों* में सभी तरह के कवि संकलित हैं। अज्ञेय जी ने मुझे जब *तीसरा सप्तक* में लिया, तो मेरे सामने पिछले दो सप्तकों का उदाहरण मौजूद था, और इस तथ्य ने मुझे पूरी तरह आश्वस्त किया था कि कवियों के चुनाव में उदारता और निष्पक्षता थी।

अज्ञेय ने अक्सर कवि के अकेलेपन की बात की है (यह दीप अकेला...), जिसे एक रचनाकार के अनिवार्य अकेलेपन से न जोड़कर अज्ञेय की तथाकथित 'अहम्मन्यता' और 'आभिजात्य' से जोड़ा गया है। जबकि स्वयं अज्ञेय 'परस्य न परस्येति, ममेति न ममेति च' वाली स्थिति पर ज़्यादा ज़ोर देते थे। टैगोर के 'एकला चलो रे' में जो अभिप्राय ध्वनित होता है, वह समाज-विमुख होने का भाव नहीं है, वह रचना-कर्म की एक शर्त की ओर संकेत है। कविता में 'स्व' की बृहत्तर स्थिति के परिप्रेक्ष्य में ही अज्ञेय की रचनाओं का अध्ययन हो, तो उनके आशय को 'साधारणीकरण' के अर्थ में बेहतर समझा जा सकता है, न कि एक संकुचित अहंवाद के अर्थ में। एक कवि का अंतर्मुखी होना दोष नहीं है, यह गुंजाइश रखकर अगर उनके लेखन का अध्ययन किया जाए, तो शायद उसे हम सीधे 'आत्मकेंद्रित' होने से जोड़ने की जल्दबाज़ी न करेंगे।

अज्ञेय जी से मेरी अंतिम भेंट भोपाल में हुई थी उनके देहांत से कुछ दिन पहले। रात लगभग दस बजे। खुले में एक लोक-नृत्य का आयोजन था। थोड़ी देर उनके साथ बैठा रहा। वह मुझे कुछ थके-थके से लग रहे थे। मैंने अनुरोध किया कि अब होटल चलकर आराम कीजिए। उनका मन तो था, पर संकोचवश बैठे रहे। दूसरे दिन मैं और इला जी दिल्ली वापस आ गए। अज्ञेय जी एक दिन बाद आए। उसके बाद... फिर कभी मिलने का कोई अवसर उन्होंने नहीं छोड़ा।

निर्मल वर्मा

एक बुनियादी सौजन्य और विनम्रता है निर्मल के स्वभाव में, जिससे उनके लेखन का भी स्वभाव बनता है– ख़ासकर उनकी भाषा का स्वभाव, जिसका असर हम पर बहुत धीरे-धीरे लेकिन स्थायी दृढ़ता से पड़ता है। उनकी भाषा में हिंसा नहीं है, जिसका यह मतलब नहीं कि उसमें ताक़त नहीं है : उसमें हिंसा के ख़िलाफ़ एक अडिग मानवीय भावना की संपन्नता है। भावना शब्द को निर्मल के लेखन और भाषा के संदर्भ में इस्तेमाल करना सामान्य नहीं, एक विशिष्ट अर्थ रखता है। निर्मल भावना के गूढ़ार्थ में जाकर, उसे चिंतन के स्तर पर आंदोलित करते हैं। वह कच्ची भावुकता में बह नहीं जाते, लगभग विचार की सी गरिमा और विस्तार देते हैं उसे। निर्मल इस बात को अच्छी तरह समझते हैं कि कैसे उसे मनुष्य की संवेदनाओं का सबसे कोमल, लेकिन सबसे भरोसेमंद हिस्सा बनाया जा सकता है।

बीसवीं सदी के चिंतन पर सामान्यतः वैज्ञानिक, तार्किक, आर्थिक और यथार्थवादी ढंग की सोच-पद्धति का दबाव रहा है– भावना– को लगभग एक अंधविश्वास या किशोर-उत्साह की तरह ख़ारिज करता हुआ : निर्मल की दृष्टि एक समग्रता में दोनों को ज़रूरी मानती है, एक को दूसरे का दुश्मन नहीं। शायद यह जीवन-दृष्टि ही निर्मल के लेखन में भारतीयता की सबसे पक्की पहचान है।

विविधता को स्वीकार कर पाना, और उसे जी पाना, हर एक के बस की बात नहीं। हममें से अधिकांश किसी-न-किसी तरह का सरल-सीधा समाधान चाहते हैं, जिससे हमारी सारी समस्याएं हल हो

जाएं— किसी तरह की मास्टर कुंजी, जिससे सारे ताले खुल जाएं। यह सुगमतावादी प्रवृत्ति अंततः किसी-न-किसी प्रकार की हठधर्मिता या मतवाद का कारण बन सकती है। जहां भी हमें, कलाओं में या जीवन में, इसके अपवाद का आभास होता है, एक उदार और अहिंसक ढंग की आज़ादी का एहसास होता है।

निर्मल के लेखन में, जो एक खुलापन है— जंगलों का सा खुलापन— वह शांतिदायक है : वह हमें उद्विग्न नहीं करता, हमारी उद्विग्नताओं को अपनी तरह सहलाकर शांत करने की कोशिश करता है। निर्मल के गद्य और चिंतन का यह पक्ष एक से अधिक स्तर पर पसंद किया गया है। उसमें एक सभ्य और शालीन संवाद है, हमारी आंतरिकताओं से, केवल हमारी बाहरी परिस्थितियों से ही नहीं। निर्मल की कला में 'बाहरी' भी 'भीतरी' की ही तरह होता है। उसमें कहीं उतावलापन नहीं होता— न बाह्य के साथ किसी तरह की उग्रता : उसमें गहरा अंतर्द्वंद्व है, लेकिन भौतिक द्वंद्वमूलकता की तरह का विभाजन नहीं— आत्मिक स्तर पर एक संतुलन पाने की कोशिश है। याद आता है, 'रात का रिपोर्टर' पढ़ते वक़्त का यह दिलचस्प एहसास कि यह वह भाषा है, जो 'आपातकाल' में भी अपनी भलमनसाहत से बाज़ नहीं आती! सज्जनता और उसकी जीत में यह अडिग भरोसा निर्मल के लेखन की भीतरी शक्ति है, जिसे उन्होंने लगातार धीरज और संयम से विकसित किया है।

यहां खड़े होकर अपने मित्रों और अपनी पिछली ज़िंदगी के बारे में सोचते हुए मुझे ऐसा नहीं लग रहा यह सब बहुत पहले की बातें हैं। लगता है, वे सब अभी कल की बातें हैं। बहुत से पुराने मित्र नहीं हैं, जो थे : बहुत से नए मित्र हैं, जो नहीं थे। ज़िंदगी के इस भरेपन का हिमायती हूं।

आज से पचास साल पहले का कॉफ़ी-हाउस याद आता— लखनऊ का कॉफ़ी-हाउस। गुलज़ार रहता था उन दिनों लेखकों, कवियों, शायरों, पत्रकारों, राजनीतिज्ञों, बुद्धिजीवियों और कुछ पेशेवर

बेकारों और बेघरों से भी। एक अजीब बेख़ौफ़, बेलौस विचारों की मुक्त पाठशाला जैसा परिसर, जहां हर एक को खुली छूट थी, किसी भी विषय पर किसी से भी बहस करने की। अंतर्विषयक चिंतन और चिंतन-साहित्य का इससे बेहतर उदाहरण मिलना मुश्किल होगा।

वहीं निर्मल से एक दिन पहली भेंट हुई– वर्ष ठीक याद नहीं, पांचवां दशक रहा होगा। हम मिले थे और धीरे-धीरे यह परिचय एक घनिष्ठता में बदलता चला गया था, बस यह ज़रूरी बात याद है। और, ख़ासतौर से याद है, बात करने का सुपरिचित वह निर्मल-अंदाज़, जो आज भी बहुत नहीं बदला है। बात करने के दूसरे अंदाज़ भी हो सकते हैं, यह थोड़ा बाद में मालूम हुआ। वैसे, बहुत बदलने को शायद निर्मल बहुत ज़रूरी नहीं मानते : अपनी सोच और भाषा के बुनियादी गुणों को और परिष्कृत करते रहने को ज़्यादा महत्त्व देते हैं। ऐसा भी हो सकता है कि उनकी भाषा का जादू दूसरों को ही नहीं, ख़ुद उन्हें भी हिप्नोटाइज़ करता रहता है!

'कल्पना' में 'परिंदे' की समीक्षा करते समय निर्मल के साहित्य को और नज़दीक से जानने का मौक़ा मिला। एक बात तब भी, और अब भी मुझे लगती रही है कि उनकी बुनियादी संवेदना काव्यात्मक है : इससे कोई ख़ास फ़र्क़ नहीं पड़ता कि उन्होंने कविता की बजाय कहानी, उपन्यास और निबंध-विधा को अपना माध्यम चुना। हम दोनों के बीच उनकी यह काव्य-संवेदना शायद एक ज़्यादा बड़ी समानानुभूति की ज़मीन रही है। बाद में मैंने जब 'लाल टीन की छत' की समीक्षा की, तो उसके ढांचे को एक मिथकीय– या 'इनीशिएशन थीम' की तरह विवेचित करने में कोई ख़ास दिक़्क़त नहीं हुई : यानी एक काव्य-कृति की तरह विश्लेषित किए जाने में निर्मल के उपन्यास और कहानियां कोई विशेष अवरोध या विरोध प्रस्तुत नहीं करते– न तो कथानक के स्तर पर, न ही चरित्रों को लेकर। उनके उपन्यासों के 'पाठ' का यह मेरा बिल्कुल निजी आग्रह भी माना जा सकता है, पर यह बिल्कुल ही निरर्थक तरीक़ा नहीं है शायद– और निर्मल के उपन्यासों पर ही नहीं,

कई अन्य उपन्यासों पर भी इस तरह विचार करना सार्थक हो सकता है। यह काव्य-दृष्टि का उपन्यास-विधा पर आरोपण नहीं है, उपन्यास को एक ज़्यादा बड़े फलक पर रखकर देखने की कोशिश है।

बात को एक छोटे-से प्रसंग से समाप्त करना चाहूंगा। कम लोगों को पता होगा कि निर्मल मेरी कविताओं के पहले समीक्षक हैं। 'चक्रव्यूह' की पहली समीक्षा, अगर मुझे ठीक याद है, निर्मल द्वारा अंग्रेज़ी में 'हिन्दुस्तान टाइम्स' में छपी थी। निर्मल द्वारा मेरे पहले काव्य-संग्रह 'चक्रव्यूह' की समीक्षा, और मेरे द्वारा उनके 'परिंदे' की समीक्षा का मेरे लिए एक सांकेतिक महत्त्व है। यह भी संयोग है कि 'चक्रव्यूह' की समीक्षा अकेली नहीं छपी थी, दुष्यंत के 'सूर्य का स्वागत' के साथ छपी थी और 'परिन्दे' के साथ मैंने उषा प्रियंवदा के 'ज़िंदगी और गुलाब के फूल' कहानी-संग्रह को भी लिया था। हमारी एक दूसरे द्वारा ये समीक्षाएं शायद हमारी सहयात्रा का वह प्रारंभिक बिंदु था, जिसके आगे हमारे साथ होने की एक लंबी और संतोषप्रद आपसदारी है।

नेमिचन्द्र जैन

नेमि जी आज अस्सी वर्ष पूरे कर रहे हैं। इस अवसर पर मैं उन्हें अपनी हार्दिक बधाई पहुंचाना चाहता हूं। बधाई और शुभकामनाएं इसलिए और भी क्योंकि वह आज भी नाटक, समीक्षा और कविता को लेकर हमेशा की तरह ही सक्रिय हैं– जिसका ताज़ा प्रमाण उनका भारतीय ज्ञानपीठ द्वारा सद्यःप्रकाशित काव्य-संग्रह 'अचानक हम फिर' है।

काफ़्का की एक बात याद आती है : 'जिसमें सौंदर्य को देख सकने की दृष्टि बनी रहे, वह कभी बूढ़ा नहीं होता।' ग़ालिब ने ऐसा ही कुछ दूसरे शब्दों में कहा है :

'गो हाथ को जुबिंश नहीं, आंखों में तो दम है,
रहने दो अभी साग़र-ओ-मीना मिरे आगे'

नेमि जी का यह संग्रह फिर एक बार हमें याद दिलाता है कि कविता में उनकी रुचि अभी भी पूरी तरह बरक़रार है। अभी भी इसलिए कह रहा हूं क्योंकि शुरू से ही वह यद्यपि कविता की अपेक्षा 'नाटक' और 'समीक्षा' को अपना अधिक समय देते रहे हैं, कविता को लेकर वह कभी उदासीन नहीं हुए। 'तार-सप्तक' से शुरू करके 'एकांत' के बाद से ऐसा लगने लगा था कि नाटक और समीक्षा पर ही उनका ध्यान अधिक केंद्रित हो रहा है, पर अभी कुछ दिनों पहले भोपाल में उनको सुना तो एक सुखद आश्चर्य की पुलक अनुभव की। 1994-97 के बीच लिखी हुई उनकी 'व्याख्या', 'बहस जारी है', 'कोट' जैसी कविताओं में एक बिल्कुल फ़र्क़ तरह की संवेदना और मुहावरों का एहसास हुआ। 'पंचमढ़ी की एक शाम' के जो नेमिचन्द्र जैन याद थे,

अब अस्सी के पास पहुंचते-पहुंचते दुनिया को शायद वह एक ज़्यादा विवेचनात्मक और बेलौस ढंग से सोच रहे थे। कविताओं में यह अलग तरह की बौद्धिक सतर्कता– जो उनकी समीक्षाओं की ख़ास पहचान रही है– उस प्रौढ़ता को रेखांकित करती लगी, जो भावना का निषेध नहीं, उसका विचारशीलता में संक्रमण भी है और विस्तार भी।

प्रकृति के साथ, दूसरों के साथ, नेमि जी की कविताएं एक सहज और अनायास रिश्ता खोजती हैं, जिसमें जटिल गांठें न हों, स्पष्ट सदाशयता हो। कभी पंडित नेहरू ने कहा था– 'कुछ लोग शांति की बात भी इस तरह करते हैं कि वह युद्ध मालूम पड़ती है!' नेमि जी युद्ध की बात भी इतने संयत ढंग से करते हैं कि वह शांति मालूम पड़ती है। बहस जारी है। जिस तरह की प्रतिबद्धता ने आमतौर पर एक उथले ढंग की उग्रता को प्रोत्साहित किया है, नेमि जी में वह एक प्रौढ़ विवेक में विकसित होती रही है। वह असहमत भी होते हैं, तो कुछ इतने उदार ढंग से कि असहमति से अधिक उदारता एक मूल्य की तरह प्रभावित करती है।

2.

(नेमि जी को याद करते हुए)

'संस्कृति' शब्द से जो विभिन्न अभिप्राय ध्वनित होते हैं, उसकी सरल व्याख्या, अथवा उसके विभिन्न अर्थों का स्पष्ट विन्यास, कहीं 'संस्कृति' की बहुमुखी अवधारणा को यदि कुंठित नहीं, तो संकुचित ज़रूर करता है। 'संस्कृति' अपने आपमें एक व्यापक और समावेशी मानसिकता का बोध कराती है, इसलिए जब हम 'संस्कृत' या 'सुसंस्कृत' जैसे विशेषण को किसी व्यक्ति के साथ जोड़कर उसके व्यक्तित्व या चरित्र को ठीक-ठीक समझना चाहते हैं, तो पहली दिक़्क़त जो सामने आती है, वह बिल्कुल एक सैद्धांतिक स्तर का सवाल उठाती है : मूल्यांकन की हमारी अपनी दृष्टि नेमिचन्द्र जैन जैसे व्यक्ति को समझने के मामले में कितनी

आज़ाद और खुली हुई है? नेमि जी की विशेष ख्याति नाटक के क्षेत्र में बनी, लेकिन वह केवल नाटक तक सीमित नहीं रही। अगर हम केवल नाटक की दृष्टि से उनका आकलन करते हैं, तो उनकी उपलब्धि के ऐसे अनेक पक्ष छूट जाएंगे, जिनका संबंध न केवल उनकी संपूर्ण साहित्यिक-संस्कृति से है, बल्कि उनके पूरे व्यक्तित्व से है। साहित्य-समीक्षा और कविता, कम-से-कम ऐसे दो क्षेत्र अवश्य हैं, जिनमें उनके श्रेष्ठ अवदान को नज़रअंदाज़ नहीं किया जा सकता। 'नटरंग' का कुशल संपादन केवल नाटक के क्षेत्र में भी एक अनूठा कीर्तिमान रहा है। हिंदी में नाट्य-समीक्षा पर केंद्रित 'नटरंग' शायद अकेली ऐसी पत्रिका रही है, जिसने पिछले चालीस वर्षों में नाट्य-समीक्षा को एक विशिष्ट और पक्की पहचान दी है।

इसी सिलसिले में नेमि जी द्वारा छः खंडों में संपादित 'मुक्तिबोध ग्रंथावली' (प्रथम संस्करण 1980 तथा दूसरा परिवर्धित संस्करण 1983 में) ग्रंथ-संपादन के दायरे में एक विशेष रूप से उल्लेखनीय उपलब्धि है। मुक्तिबोध अपने लेखन को लेकर बहुत व्यवस्थित क़िस्म के कवि और लेखक नहीं थे– ख़ासकर कविताओं को लेकर। उनके लेखन की खोज, छानबीन, संग्रह और सुव्यवस्थित ढंग से संगठित करना जिस धीरज, श्रम और पैनी समझ का काम रहा होगा, वह संकलन के हर पृष्ठ से बोलता है। 'मुक्तिबोध ग्रंथावली' ने न केवल मुक्तिबोध को उनकी समग्रता में हमारे सामने रखा, बल्कि इस तरह प्रस्तुत किया कि हमारे समय के एक अत्यंत महत्त्वपूर्ण कवि-लेखक को एक नए सिरे से, और नए रूप में, सोचने-समझने का बहुत ही भरोसेमंद आधार भी मिला। उसकी सफलता के साथ ही हिंदी में 'ग्रंथावलियों' के प्रकाशन की एक होड़-सी लग गई, पर इसमें संदेह नहीं कि 'मुक्तिबोध ग्रंथावली' आज भी अपनी एक विशिष्ट जगह और पहचान रखती है।

नेमि जी जो भी काम हाथ में लेते थे, उसे पूरी ज़िम्मेदारी और मनोयोग से करते थे। उनके किसी भी प्रकार के लेखन में एक

क्लैसिकी ढंग का अनुशासन शायद उसकी सबसे पक्की पहचान रही है। इस गुण को उनके 'अधूरे साक्षात्कार' में भी बखूबी परिलक्षित किया जा सकता है।

सातवें दशक में जब मैं लखनऊ में 'भारतेंदु नाट्य केंद्र' तथा 'उत्तर प्रदेश संगीत नाटक अकादमी' से जुड़ा, उस समय नाटक के क्षेत्र में नेमि जी के काम को अधिक निकट से जानने का मौक़ा मिला। लखनऊ में अक्सर वह मेरे घर पर ही ठहरते थे। उन दिनों अमेरिका से 'टूलेन ड्रामा रिव्यू', इंग्लैंड से 'थिएटर क्वार्टरली' और भारत में 'एनैक्ट' जैसी पत्रिकाएं निकलती थीं। उन पर नेमि जी से काफ़ी बातचीत होती रहती थी। हिंदी में 'नटरंग' जैसी स्तरीय पत्रिका नाट्य-गतिविधियों में एक नया आयाम जोड़ती थी। उन दिनों हिंदी नाटक के क्षेत्र में बढ़ती हुई सरगर्मी और हलचल को 'नटरंग' ने अपनी तरह एक बढ़त दी। लखनऊ में नाट्यकर्मियों का एक छोटा-सा– बल्कि कई छोटे-छोटे दल बन गए थे। राज बिसारिया द्वारा संचालित 'भारतेंदु नाट्य केंद्र' के अलावा ब व कारंत द्वारा निर्देशित गिरीश कर्नाड का 'हयवदन' दर्पण संस्था द्वारा मंचित हुआ, जिसने हिंदी नाटक को एक नई गति और दिशा दी।

'भारतेंदु नाट्य-केंद्र' की सलाहकार समिति में नेमि जी और कारंत जी भी थे तथा उन्हीं दिनों अतिथि निर्देशकों के रूप में भानु भारती, बंसी कौल, रणजीत कपूर, उर्मिल थपलियाल तथा नाटक से जुड़े अन्य क्षेत्रों में मुद्राराक्षस, कृष्णनारायण कक्कड़ आदि उत्साह से काम कर रहे थे। 'इप्टा' से लेकर बाद तक नाटक के क्षेत्र में नेमि जी का लंबा अनुभव और विशद जानकारी का हमें पूरा लाभ मिलता रहा। कभी-कभी मुझे यह भी सुनने को मिलता था कि लखनऊ की नाट्य गतिविधियों में दिल्ली के लोगों को क्यों शामिल किया जा रहा है, पर मुझे तब भी, और अब भी, कलाओं को लेकर इस तरह की क्षेत्रीय मानसिकता अनुचित लगती है। इस सोच में मुझे नेमि जी का बहुत बड़ा सहयोग मिलता रहा।

शुरू में मैंने 'संस्कृति' की बात उठाई थी। एक बार फिर उस ओर लौटता हूं। मैं इसे भी एक व्यक्ति की संस्कृति का मामला मानता हूं कि वह किसी बड़े विचार, या विचारधारा, को किस तरह अपने लेखन, सोच और आचरण में बरतता है। नेमि जी मार्क्सवादी थे– उदार मार्क्सवादी। अपने वामपंथी झुकावों को लेकर दृढ़, लेकिन तार्किक और वैचारिक ढंग से, आंदोलनी और अतिवादी ढंग से नहीं। जहां उन्हें ज़रूरी लगा, उन्होंने अपने विचारों में संशोधन और परिवर्तन को निडरता से स्वीकार किया। हो सकता है यह उनकी उदार आलोचना-दृष्टि की संस्कृति हो, जो किसी भी विचार को लेकर कट्टरता और कठमुल्लेपन को वरीयता देने के लिए तैयार न थी।

मार्क्सवाद पर भी उनसे यदा-कदा बातें होती रहती थीं, जिनकी कुछ धुंधली-सी यादें अब भी बची हैं। यदि मुझे सही याद है और मैं उनकी मंशा को समझने में चूक नहीं रहा हूं, तो उन्हें शायद मार्क्सवाद का रूसी या चीनी संस्करण बहुत आश्वस्त नहीं करता था : भारत की ऐतिहासिक और सांस्कृतिक ज़मीन पर वह मार्क्सवादी विचारों को अपनाने की बात सोचते थे। मार्क्सवाद को लेकर उनके दिमाग़ में सरलीकरण और एकतरफ़ापन नहीं था : किसी भी समस्या को कई तरफ़ से देख सकने की क्षमता, योग्यता और धीरज था। उनसे बात करना एक अत्यंत शिक्षित, पढ़े-लिखे और गहराई से सोच सकने वाली प्रतिभा से विचार-विमर्श का संतोष देता था।

नामवर सिंह

नामवर जी की एक ज़्यादा सच्ची तस्वीर उन दिनों से उभरती है, जब मैं लखनऊ में कुछ मित्रों के साथ 'युगचेतना' निकाल रहा था– सन् 1954-55 के आसपास। उस समय तक हिंदी साहित्य के लिए दिल्ली केंद्रीय महत्त्व नहीं रखता था– लखनऊ, वाराणसी और इलाहाबाद ज़्यादा सक्रिय थे। लखनऊ में साहित्य के कई ख़ास ठिकाने थे– कॉफ़ी हाउस, यशपाल जी के 'साथी प्रेस' वाले घर पर 'लेखक- संघ' की बैठकें, 'नया पथ' पत्रिका के इर्द-गिर्द शमशेर जी, राजीव सक्सेना आदि, अमृतलाल जी का चौक वाला घर, कभी भगवती बाबू का घर...और मुलाक़ातों की सबसे अनौपचारिक जगह हज़रतगंज की शामें। उस समय आकाशवाणी काफ़ी सक्रिय थी और लखनऊ में नागर जी, गिरजाकुमार माथुर, सर्वेश्वर दयाल सक्सेना, इलाचंद्र जोशी आदि काफ़ी समय तक उससे जुड़े रहे। इन जगहों में कभी भी कहीं भी नामवर जी से अकस्मात् भेंट हो जाना कोई अजूबा बात नहीं थी, और इन्हीं मुलाक़ातों में मुझे नामवर जी के जिस पक्ष ने सबसे अधिक आकृष्ट किया, वह थी उनके साथ बातचीत। नामवर जी की समीक्षा, उनकी प्रतिबद्धता, उनके व्याख्यान आज का ख़ास मुद्दा नहीं हैं। आज की पहली ज़रूरत मार्क्सीय विचारधारा के उन पक्षों को बचाने की है, जो आज भी मानी रखते हैं। जो भाषा लगभग 'क्लिशे' हो चुकी, उससे बाहर निकलकर मार्क्सवाद के उन बिंदुओं पर गहरा चिंतन पहली ज़रूरत है, जिनके कारण रूस का पतन हुआ और अन्य देशों में उस विचारधारा का स्वरूप बिल्कुल बदल गया।

नामवर जी के साथ बैठकर अनौपचारिक बातचीत का जो एक अलग रस है, उस ओर कम लोगों का ध्यान गया है। मेरा मतलब यहां उनके 'इंटरव्यूज़' से नहीं है, बिल्कुल निजी बातचीतों और आपसी गोष्ठियों से है। शायद यह कुछ मेरे स्वभाव और रुझान की बात भी है कि मैंने हमेशा इस तरह की आपसी, अनौपचारिक वार्ताओं में हिस्सा लेना ज़्यादा आसान और लाभप्रद पाया है, बजाय औपचारिक भाषणों, आलेखों, सेमिनारों आदि में। साहित्य के संदर्भ में मैं इस तरह के वार्ता-प्रसंगों को भी अत्यंत महत्त्वपूर्ण मानता हूं और शायद अगर नामवर जी से सबसे अधिक पाया है, तो इन्हीं बातचीतों के दौरान। इस तरह की संगोष्ठियों का सबसे दिलचस्प पहलू यह होता है कि इनमें मतभेदों की कट्टरता नहीं, मत-वैभिन्न्य की विविधताएं सामने आती हैं। इसी तरह कई अन्य साहित्यकारों के साथ भी वार्तालापों का एक समृद्ध स्मृति-भंडार मेरे पास है– बेहद रोचक, मानवीय और आत्मीय, जिसने मेरी रुचि और साहित्यिक संवेदना को सम्पन्न करने में मदद की है। लेकिन इन्हें ही मंच से सुनना एक दूसरे तरह का अनुभव रहा है– महत्त्वपूर्ण भी। मैं उनकी उपयोगिता को नकार नहीं रहा, लेकिन काफ़ी हद तक अपनी अवधारणाओं में कसी हुई और बेलोच बहसों के पीछे कहीं अपने पक्ष की वक़ालत ज़्यादा मुखर रहती है, दूसरे पक्षों के प्रति उदारता, आदर और शायद सहानुभूति कम।

जीवनपरक श्रेष्ठ विचारों के बचे या बचते रह जाने को हम जुझारू शब्दावली में ठीक से परिभाषित नहीं कर पाते। यह मेरी बिल्कुल अपनी दिक़्क़त भी हो सकती है कि आक्रामक की अपेक्षा मुझे विनम्र और विनीत दृष्टि ज़्यादा उपयुक्त लगती है। नामवर जी के चरित्र में भी एक विनम्र दृढ़ता है। उनके स्वभाव के इस पक्ष का आदर करता हूं, जो हमारे बीच घनिष्ठ मैत्री का सबसे बड़ा कारण रहा है। एक पढ़े-लिखे, संवेदनशील, तार्किक, रुचि सम्पन्न और परिष्कृत बुद्धिजीवी से बातचीत का जो संतोष होता है, उसके लिए नामवर जी का सान्निध्य मेरे लिए हमेशा रुचिकर रहा है।

साहित्य को लेकर नामवर जी की रुचि और पसंद का दायरा व्यापक है। अच्छे साहित्य को पहचानने में, चाहे वह नया हो या पुराना, उनकी दृष्टि शायद ही कभी धोखा खाती हो। अच्छे साहित्य को लेकर उनकी पसंद का क़ायल हूं, लेकिन उसे पसंद करने के जो कारण वह बताते हैं, उनसे सहमत होना अक्सर मुश्किल हो जाता है। यह एक ऐसा अंतर्द्वंद्व है, जो उनकी समीक्षाओं में बार-बार झलकता है। हो सकता है, उनके कम लिखने के पीछे भी यह असमंजस या ख़ुद से अनबन, एक कारण हो। वह अपनी पसंद या नापसंद को जिन कारणों पर टिकाना चाहते हैं, उनमें बहुत दम नहीं। लेकिन उनकी परख, उनकी नाप-तौल और मूल्यांकन के आधार उनकी पसंद के लिए कभी काफ़ी नहीं साबित होते। उनकी आलोचना के औज़ार उतने बारीक़, पैने और नफ़ीस नहीं जान पड़ते, जो उन जैसे कुशल समीक्षक के लिए ज़रूरी है। उनसे बेहतर इस बात को कौन समझ सकता है कि ख़ुद मार्क्सवादी समीक्षा ने गंभीर साहित्य-चिंतन के जिन शिखरों को छुआ है, हिंदी समीक्षा में उन विमर्शों का कोई अक्स दूर-दूर तक नज़र नहीं आता। इस वक्त मार्क्सवादी समीक्षा के विस्तार की ज़रूरत थी, न कि उसके प्रतिबद्ध समीक्षा में और भी सिकुड़ जाने की।

स्तरीय मतभेद विचारोत्तेजक होते हैं। वे विचार-प्रक्रिया का नकारात्मक पक्ष न होकर, उसका ज़रूरी पक्ष हैं। नामवर जी से मतभेद या असहमति का मतलब अपने-आपमें एक अलग अर्थ रखता है– वह हर किसी, या किसी से भी, मतभेद से तुलनीय नहीं है। हम उनकी बातों की उपेक्षा नहीं कर पाते। उन पर ध्यान देना, उनका जायज़ा लेना, उनका खंडन-मंडन ज़रूरी हो जाता है। उनकी बहसों से कहां तक उनका पक्ष मज़बूत होता है, यह तो एक बात है, लेकिन कहां तक उनकी बहसें उनके ख़िलाफ़ या उनसे फ़र्क़ तरह के चिंतन की तैयारी को भी संगठित होने में मददगार सिद्ध होती हैं, यह भी सवाल का ख़ासा दिलचस्प पहलू है। कोई भी भारी-भरकम स्थापना या उसका प्रतीक, केवल प्रभावोत्पादक ही नहीं होता, वह प्रहारोत्तेजक भी होता है, क्योंकि

वह बराबर चुनौतियों को ललकारता रहता है, और जाने-अनजाने अपने ही आयोजन का ध्रुवीकरण भी करता चलता है। जीवनपरक श्रेष्ठ विचारों के बचे या बचते रह जाने को हम जुझारू शब्दावली में ठीक-ठीक परिभाषित नहीं कर पाते। योद्धा की अपेक्षा, विनम्र और विनीत शायद 'सरवाइवल' के लिए ज़्यादा फिट माना जा सकता है।

नामवर सिंह होना एक बड़ी ज़िम्मेदारी भी है– पूरे हिंदी समाज को (अखंडित/एकजुट/ रखने की ज़िम्मेदारी) फूट से बचाने की ज़िम्मेदारी। हिंदी साहित्य की दुनिया बहुत बड़ी नहीं है। वह बहुत छोटे-छोटे इलाकों में बंटकर और छोटी न हो जाए, हमारी सोच में कहीं यह साहित्यिक विवेक बना रहना ज़रूरी है कि साहित्य मुख्यतः राजनीतिक समाज नहीं है– कला और संस्कृति की दुनिया है। यह दुनिया बहुत बड़ी भी हो सकती है और बहुत संकुचित भी। एक ऐसे समय में जब राजनीति की नैतिकता का ख़ुद का चेहरा विकृत हो चुका है, उसके संस्कारों की छाया साहित्य पर पड़ना शुभ लक्षण नहीं दीखता।

प्रतिबद्धता मुझे इस समय प्रमुख मुद्दा नहीं लगता। मार्क्सवाद एक स्वतंत्र विचार की हैसियत से दूसरे विचारों के साथ सहज और विनम्र हो सके, यह ज़्यादा ज़रूरी लगता है। सवाल इस समय पक्ष-विपक्ष की राजनीति और रणनीति पर अड़े रहने और पुख़्ता करने का नहीं, उसकी चौखट से बाहर निकलकर सोच सकने का है। हमें युद्ध की भाषा में नहीं, शांति की भाषा में बोलना सीखना होगा, सिर्फ़ अपनी बात पर नहीं अड़े रहना है, दूसरे की बात को भी पूरे धीरज और सहानुभूति से सुनना पड़ेगा। यह बुनियादी शिष्टता हमारा स्वभाव बन जाना चाहिए, सिर्फ़ ऊपर से ओढ़ा हुआ दिखावा नहीं। जानता हूं, बहुत मुश्किल बात है यह। हम सब तुरंत कार्यवाही, तुरंत नतीजे चाहते हैं : कोई मसला हो लड़-झगड़कर फ़ौरन निपटाना चाहते हैं। इसी अधीरता की हमने एक पूरी आकर्षक भाषा विकसित कर ली है : और उसमें शोध मिश्रित हुए हैं, हम उससे बाहर नहीं निकल पाते, उसके जाल में फंसे हुए हैं। हम एक जुझारू योद्धा, अपराजेय शूरवीर की छवि से

आक्रांत हैं– उसकी रेटरिक के बंदी हैं। हम लड़ाई के उस दूसरे अर्थ को भूल चुके हैं, जो ख़ुद से लड़ी जाती है, जो पहले ख़ुद पर हार या जीत का मामला है। उसकी फतेहपुरी दूसरी है, उसका अकबर दूसरा है। उसके लिए आज सूर या तुलसी या कबीर की तरह अपना घर फूंकना ज़रूरी नहीं है, लेकिन कहीं अपने अंदर वह साहस, नैतिक-बल, आत्मसम्मान ज़रूरी है, जो एक कबीर के साहित्य को औरों से अलग करता है, जिसकी बुनियाद पर उनका साहित्य सदियों से खड़ा है– सीकरी के खंडहरों के सामने सीना तानकर।

श्रीलाल शुक्ल

श्रीलाल शुक्ल से पहली बार कब मिला, यह ठीक से याद नहीं। याद भी हो, तो उससे कोई ख़ास फ़र्क़ नहीं पड़ता। अब ऐसा लगता है कि हम हमेशा से ही एक-दूसरे को निकट से जानते रहे हैं। पिछले चार-पांच दशकों में यह निकटता बराबर बनी रही– निजी, पारिवारिक, साहित्यिक और सामाजिक स्तरों पर, इसे ज़्यादा महत्त्व देता हूं। पिछले पंद्रह-सत्रह वर्षों से दिल्ली में हूं, लखनऊ लगभग छूट-सा रहा। इसी बीच शायद दस-पंद्रह बार ही जाना हुआ होगा, लेकिन मेरे लिए सबसे मूल्यवान अनुभव यह रहा कि मित्रों ने कभी भी लखनऊ को मेरे लिए पूरी तरह पराया नहीं होने दिया। अब यह मित्र-मंडली बहुत बड़ी नहीं है, लेकिन अब पहले से भी कहीं ज़्यादा अपनी लगती है। जिस समय श्रीलाल से शुरू के दिनों में मिला, उस समय मित्रों का यह कुटुंब बहुत बड़ा था, जिनसे बहुत-कुछ जानने और सीखने को मिला। श्रीलाल से घनिष्ठता का मूलाधार क्या रहा, निश्चित नहीं कर पा रहा हूं– पर साहित्य सबसे बड़ा कारण ज़रूर रहा है। इसलिए साहित्य को साथ रखकर अगर एक साहित्यकार मित्र के बारे में कुछ बातें की जाएं, तो शायद उसके व्यक्तित्व को समझने में उनके साहित्य से भी मदद ली जा सकती है।

श्रीलाल शुक्ल एक विख्यात व्यंग्यकार थे, लेकिन व्यंग्य के छिछले अर्थों में नहीं। सबसे पहले वे एक मनुष्य थे– मनुष्यता के अत्यंत गंभीर और कोमल अर्थों में। वह हंसते थे, आदमी की मूर्खताओं और हैवानियत पर, सामाजिक अन्याय और एक-दूसरे के प्रति हमारी

हृदयहीनता पर, मानव-स्वभाव में जो मानवीय है, उसे रेखांकित करते हुए। 'राग दरबारी' का सबसे मानवीय और ईमानदार चरित्र लंगड़ है और वही उपन्यास का सबसे असहाय और दयनीय पात्र भी है। इस विडंबना पर लेखक की पकड़ अचूक है। उपन्यास की सफलता लंगड़ की असफलता के पूरे व्यंग्यार्थ को पाठक तक पहुंचा सकने में है। एक गांव की क्षुद्र राजनीति को जब इस देश की महा-राजनीति के ढीले कुर्ते-पाजामे में पहचानते चलते हैं, तो लंगड़ मानो लक्ष्मण के कार्टूनों में चित्रित 'आम आदमी' की सबसे मारक व्यंजना बन जाता है।

श्रीलाल शुक्ल ने उत्तर प्रदेश सरकार के अनेक ऊंचे पदों पर काम किया। सरकारी कार्यप्रणाली को भीतर-बाहर से अच्छी तरह वह जानते थे। एक लेखक की दृष्टि से इस प्रणाली को जानना क्या मायने रख सकता है, इसका निर्भीक चित्रण उनके उपन्यासों में हुआ है– सरकार से उनके संबंध बिगड़ने की हद तक। ज़्यादातर लोग अपने दफ़्तर या व्यापार की चिंताओं को साथ लिये घूमते हैं और घर तक ले जाते हैं। जहां तक मैं देख-जान सका, श्रीलाल ने घर और दफ़्तर के बीच बराबर एक फ़ासला बनाए रखा, दोनों के प्रति पूर्णतः ज़िम्मेदार और ईमानदार रहते हुए, इस ज़िम्मेदारी को उन्होंने अपने परिवार तक ही सीमित नहीं रखा, बल्कि अपने घनिष्ठ मित्रों के कुटुंबों के साथ भी बांटा। मेरी पत्नी भारती के प्रति भी उनके अपनत्व और सौहार्द में हमेशा उनके पारिवारिक बड़प्पन का आभास बना रहा।

श्रीलाल का जीवन बहुत लुक-छिपकर जीने वाले लोगों में नहीं था। उनमें एक चारित्रिक स्पष्टता थी, जो अपने प्रति भी उतनी ही या शायद कुछ ज़्यादा ही थी! वह मुंहफट थे, जितने दूसरों के प्रति, उससे कहीं ज़्यादा अपने प्रति। अपनी कमियों और शौक़ों को लेकर या मौक़े-बेमौक़े कोई चुभती हुई फब्ती कस देने के जितने क़िस्से श्रीलाल शुक्ल ने ख़ुद मुझे सुनाए होंगे, उतने शायद दूसरों ने नहीं। मसलन, यह मुझे श्रीलाल से ही पता चला था कि 'माध्यम' की उस सुविदित गोष्ठी में, जिसमें विजयदेव नारायण साही, सुमित्रानंदन पंत की एक पुस्तक

को लेकर अनायास बोल उठे थे कि 'न पढ़ा है, न पढूंगा...' साही के पीछे बैठे श्रीलाल की ही प्रेरक टिप्पणी थी!

श्रीलाल भले ही अपने पारिवारिक जीवन की समस्याओं और दफ़्तर-समाज-मित्रवर्ग आदि को एक-दूसरे से अलग रख पाते हों, पर अपने व्यंग्यकार को जीवन से क़तई अलग नहीं रख पाते। उनकी इस चुहलबाज़ी के तमाम क़िस्सों में से एक का ही उल्लेख काफ़ी होगा। वर्ष याद नहीं पर, लखनऊ दूरदर्शन ने अज्ञेय जी पर एक कार्यक्रम आयोजित किया था, जिसमें मंच पर अज्ञेय जी के साथ पांच-सात और साहित्यकारों को भी शामिल होना था बातचीत के लिए। उन साहित्यिकों में श्रीलाल का भी नाम था, लेकिन मंच पर इकट्ठा होने वाली इस 'भीड़' की कल्पना से ही उनका विनोदी-भाव जाग उठा था। वह मंच पर नहीं पहुंचे। बाद में मैंने कारण पूछा तो मुस्कराकर बोले, 'यह प्रस्तावित 'मंच-सज्जा' कुछ ऐसी लग रही थी जैसे 'रंभा का सखियों के साथ प्रवेश'।'

संस्कृत साहित्य के मार्फ़त मौजूदा स्थिति पर इस 'ढाई-चाल' से चौंकने की ज़रूरत नहीं। श्रीलाल जी संस्कृत साहित्य के अच्छे-ख़ासे जानकर और पंडित थे। मित्रों में उनके लिए 'पंडितजी' संबोधन प्रचलित है (यदि ठीक याद पड़ता है, तो उनकी पत्नी गिरिजा जी भी उन्हें 'पंडितजी' कहकर संबोधित करती थीं)। पंडित उपसर्ग उनके लिए ग़ैरवाजिब नहीं। खड़ी बोली, उर्दू, अवधी, ब्रजभाषा और अंग्रेज़ी के साथ-साथ वे संस्कृत के भी अच्छे ज्ञाता थे। पुराने-नए छंदों को ही नहीं, उर्दू भाषा और छंदों पर भी उनकी अच्छी पकड़ थी और जब भी अवसर मिला मैंने उनके इस 'पांडित्य' का भी पूरा लाभ उठाया है। यह बात कम लोगों को मालूम है कि अपने लेखन के शुरुआती दौर में श्रीलाल ब्रजभाषा के अच्छे कवि के रूप में भी जाने जाते थे। उनके 'अज्ञातवास' और 'सूनी घाटी का सूरज' उपन्यास शायद उनकी शुरुआती काव्य-संवेदना के अधिक निकट हैं, उनके बाद वाले व्यंग्यकार के कम। साहित्य के समानांतर संगीत, वह दूसरा शौक़ था, जो हमें एक-दूसरे के

निकट लाया। संगीत में उनकी पत्नी गिरिजा जी की भी गहरी रुचि थी, जिसने मेरे घर पर और बाहर भी लखनऊ में रहने वाली अनेक स्मरणीय बैठकों और सभाओं को जानदार बनाया।

छठे-सातवें दशकों में श्रीलाल मेरे लिए इलाहाबाद और लखनऊ के साहित्यकारों के बीच एक सेतु की तरह रहे। एक घनिष्ठ मित्रमंडली अनायास ही बनती और बढ़ती चली गई, जिसमें केशवचंद्र वर्मा, विजयदेव नारायण साही और उनकी पत्नी कंचन जी, धर्मवीर भारती, विपिन कुमार अग्रवाल, रामस्वरूप चतुर्वेदी, डॉ. रघुवंश, बालकृष्ण राव और उमा जी, लक्ष्मीनारायण लाल, डॉ. जगदीश गुप्त आदि शामिल थे।

श्रीलाल 'मूल्यवान' को ग्रहण करने में जितने कुशाग्र थे, 'मूर्खतापूर्ण' पर निशाने साधने में उतने ही अचूक। उनकी व्यंग्य की मार मुझे कभी-कभी अवधी के ठेठपन और संस्कृत की परिष्कृत वक्रोक्ति की याद दिलाती है। 'राग दरबारी' में एक टिप्पणी है– प्रसंग ठीक याद नहीं, पर टिप्पणी दिमाग़ में टिकी रह गई है– 'टीचर होकर अगर पिटने से डरोगे, तब तो तुम लड़कों को पढ़ा चुके!' आज की एक देहाती पाठशाला से निकलकर मेरी स्मृति संस्कृत के एक प्रसिद्ध प्रसंग पर जा टिकती है– गांव के कुछ शरारती लड़के एक चिड़चिड़े बाबाजी को यह मक्कार सूचना देते हैं– 'महाराज जी अब आप निश्िंचत होकर इस वन में चिंतन-मनन कीजिए, क्योंकि उस कुत्ते को, जो आप पर भौंकता था, कल कावेरी के सघन कुजों में रहने वाले बाघों ने मार डाला है।' श्रीलाल की भाषा में, शब्दों में निहित व्यंग्यार्थ को उभारने में एक ख़ास तरह का पैनापन है, जिसकी जड़ें केवल भाषायी नहीं हैं, वह जो आदमी के चरित्र में मूर्खतापूर्ण, दंभी और विडंबनापूर्ण है, उसका सूक्ष्म अवलोकन और निरीक्षण है, निगाह में वह ख़ास तरह की 'एक्स-रे' क्षमता, जो आदमी को, उसके इरादों और हरकतों को, आर-पार देख सकने में समर्थ है।

श्रीलाल पूजा-पाठ और नियम-व्रत वाले आदमी भी थे, जो उनके लिए रूढ़ अर्थों में धार्मिक अथवा कर्मकांडी होने से बिल्कुल अलग बात

थी। कहीं यह सब उनके नैतिकता-बोध और गहरे भारतीय संस्कारों से जुड़ा था। उनके पीने को लेकर भी जब-तब टीका-टिप्पणी और हंसी-मज़ाक़ होता रहता है, पर कम लोग जानते होंगे कि नियम से नवरात्र और पितृ-पक्ष के दिनों में पीना बिल्कुल छोड़ देना उनके लिए इतना ही सहज भी था, और भी कई अवसरों पर इनका यह आत्मनिग्रह लगभग चकित करता।

हम दोनों ने आधी सदी से भी अधिक का लंबा साहित्यिक-समय देखा है। उस समय को सोचता हूं, तो बीसवीं सदी के हिंदी-साहित्य का एक अत्यंत महत्त्वपूर्ण जीवन-चक्र दिमाग़ में घूम जाता है। उन दिनों लखनऊ का साहित्यिक, बौद्धिक और सांस्कृतिक जीवन अत्यंत सक्रिय और समृद्ध था। ख़ास बात है कि मतभेदों और तीखी बहसों के बावजूद वह बंटा हुआ नहीं था, मानो इस विवेक को रेखांकित करता हुआ कि साहित्य की दुनिया एक ही है, जो अनेक रंगों में जीती है।

हम दोनों ने लगभग एक साथ अपनी आयु के आठवें दशक में प्रवेश किया और अपनी-अपनी तरह लेखन में सक्रिय रहे। हमारी मैत्री और निकटता उनके आख़िरी दिनों तक बरक़रार रही। इसे मैं अपना बहुत बड़ा सौभाग्य मानता हूं। श्रीलाल की जीवन-दृष्टि, व्यंग्य विधा के माध्यम से, भारतीय जीवन के बड़े सामाजिक और चारित्रिक यथार्थ को उद्घाटित करती है। इस चित्रण में गहरी नैतिक चिंताएं हैं। मौजूदा यथार्थ पर पक्की पकड़ है और उनकी भाषा में ठेठ अवधी संस्कारों से लेकर क्लैसिक संस्कृत भाषा की छटाएं हैं, जो उनके लेखन के क़द को सामान्य से ऊपर उठाती हैं। उनका पांडित्य उनके आंचलिक यथार्थ बोध पर हावी नहीं होता, बल्कि उसे एक ख़ास तरह की ऐतिहासिकता देता है, उसे भारतीयता की कई पहचानों से जोड़ता हुआ।

ब व कारंत

आठवें दशक में लखनऊ में गिरीश कर्नाड के नाटक, 'हयवदन' की लखनऊ में पहली प्रस्तुति के साथ जुड़े मेरे अनुभवों की कुछ यादें आज भी ताज़ा हैं। मेरे निकट मित्र डॉ. सुरेश अवस्थी के माध्यम से प्रसिद्ध नाट्यकर्मी ब व कारंत का साथ हुआ और इस तथ्य की ओर ख़ासतौर पर ध्यान गया कि भाषायी और प्रादेशिक सीमाओं को तोड़ते हुए नए रंगमंच के माध्यम से भारतीय नाटकों की एक नई और संश्लिष्ट पहचान बन रही है।

देशी और विदेशी नाटकों को पढ़ने का शौक़ मुझे शुरू से ही रहा, लेकिन मुख्यतः साहित्य की तरह। उसके निर्देशन, मंचन, प्रस्तुति, अभिनय आदि के व्यावहारिक पक्षों से लगभग अनभिज्ञ रहा। सातवें- आठवें दशकों में 'उत्तर प्रदेश संगीत नाटक अकादमी' के उपाध्यक्ष तथा फिर 'भारतेंदु नाट्य केंद्र' के अध्यक्ष की हैसियत से मुझे नाटकों की इस ज़्यादा बड़ी दुनिया के निकटतर संपर्क में आने का एक छोटा-सा मौक़ा मिला। अनेक गुणी और मर्मज्ञ रंगकर्मियों को जानना, उनसे बातचीत तथा उनके काम को देखना मेरे लिए एक अविस्मरणीय अनुभव है। इसने मेरी अपनी साहित्य-रचना को अधिक समृद्ध करने में मदद की है। सभी नामों के उल्लेख और उनके कामों की चर्चा के लिए इस एक छोटे-से आलेख की परिधि नाकाफ़ी होगी, इसलिए कारंत और हयवदन की प्रस्तुति को केंद्र में रखकर अपने कुछ अनुभवों को यहां रखना चाहूंगा।

बीसवीं सदी के उत्तरार्द्ध के दशक न केवल नाटकों, बल्कि सिनेमा तथा अन्य कलाओं और साहित्य के लिए भी क्रांतिकारी महत्त्व

रखते हैं। इनके पीछे द्वितीय विश्वयुद्ध के दहला देने वाले अनुभव तो थे ही, पर उसके बाद की तेज़ी से बदलती वैश्विक राजनीति भी थी। एक तेज़ी से बदलते परिदृश्य का गहरा असर बौद्धिक जीवन पर पड़ना लाज़िम था, ख़ासकर साहित्य और कलाओं की अत्यंत संवेदनशील दुनिया पर। एक मोटा-सा विभाजन दिखाई देता है : 'पुराने' हर कुछ से गहरा असंतोष तथा सर्वथा 'नया' कुछ रचने की उत्कंठा। नया नाटक, नया मंचन, नया सिनेमा, नई कविता, नया उपन्यास...मानो नए की एक आंधी-सी उस पुराने सब कुछ को जड़ से उखाड़ फेंकना चाहती थी, जो इतने बड़े मानवीय हादसे से इतनी पुरानी सभ्यता को बचा न सका।

विचारों और कलाओं का यह सैलाब किसी एक देश, क्षेत्र या भाषा तक सीमित न रहा। विभिन्न भाषाओं के नाटक अनुवादों द्वारा विभिन्न देशों में सफलतापूर्वक खेले जा रहे थे, और उन सभी में लोग मनुष्य-जाति की सार्वभौमिक नियति और त्रासदी को बख़ूबी पहचान पा रहे थे। इन संदेशों के सब तक पहुंचने में कोई भी राजनीतिक, भाषायी या सांस्कृतिक सीमाएं आड़े नहीं आ पा रही थीं। सही मायने में कलाओं का एक विराट जनपद बन रहा था, मानो कलाओं के माध्यम से विभिन्न भाषाएं अपनी खोई हुई मानवीय अस्मिता की प्रामाणिक आवाज़ को फिर से वापस पाना चाहती हों।

लखनऊ में जब 'हयवदन' के प्रस्तुति की बात उठी, उस समय वहां हिंदी रंगमंच नहीं के बराबर था। भारतेंदु नाट्य केंद्र के निदेशक राज बिसारिया अंग्रेज़ी के नाटकों का प्रदर्शन कर रहे थे तथा बंगाली क्लब में यदाकदा हिंदी के नाटकों की प्रस्तुतियां हो जाती थीं। मैं तब तक उत्तर प्रदेश संगीत नाटक अकादमी से जुड़ा हुआ नहीं था। हिंदी रंगमंच और अनुभवी अभिनेताओं के अभाव में हमारा ध्यान कानपुर में सक्रिय 'दर्पण' संस्था की ओर गया, जिसे उस समय प्रो. सत्यमूर्ति चला रहे थे। उनके सहयोग से लखनऊ में 'हयवदन' के मंचन की तैयारी शुरू हुई। रिहर्सल के लिए कोई जगह उपलब्ध न थी, तो 'भातखंडे संगीत

महाविद्यालय' में जैसे-तैसे एक कमरे की व्यवस्था की गई। कारंत ने स्थानीय और बिल्कुल नए अदाकारों की एक टीम बनाई। मई-जून की कड़ी गर्मियों के वे दिन याद आते हैं, जब एक घड़े ठंडे पानी और खड़खड़िया पंखे के भरोसे 'हयवदन' का रिहर्सल शुरू हुआ। ग़ज़ब का जीवट और उत्साह था कारंत में, जिन्होंने सब के मनोबल को एक शहीदी अंदाज़ में बदल दिया था।

कुछ बैठकें मेरे लखनऊ वाले घर पर भी होती रहती थीं। एक दिन हारमोनियम पर कारंत कोई धुन गुनगुना रहे थे। अचानक मुझसे बोले... 'आपको 'हयवदन' के लिए एक गीत लिखना है।' मैं मानो आसमान से गिरा। 'मुझे?' 'हां,' और फिर सर्वेश्वर दयाल सक्सेना की ओर मुड़ते हुए, जो अक्सर हम लोगों के साथ रहते थे, उतने ही निश्चयात्मक स्वर में बोले, 'और आपको भी!' हम दोनों ने आश्चर्य से एक-दूसरे की ओर देखा। लेकिन अपनी धुन के पक्के कारंत हारमोनियम पर कोई और धुन टटोल रहे थे। उसी धुन में खोए हुए से बोले, 'गीतों की धुन मैं दूंगा, आप लोग शब्द और लय देंगे।' और बिना मेरी 'हां' या 'न' पर कोई ध्यान दिए कारंत ने अपनी ओर से बात पक्की कर दी। अपने बचाव में मैं कुछ भी कहता, तो कारंत के हारमोनियम का स्वर कुछ ज़्यादा तेज़ हो जाता! बहरहाल गीत लिखे गए। शायद मेरा वह पहला नाट्य-गीत था... 'बांचे जो वाणी गाथा पुरानी...', जिसे कारंत अक्सर बहुत शौक़ से सुनाते थे। कुछ था कारंत में, उनके आत्म-विश्वास में कि वह जैसा चाहते, अपने अभिनेताओं से ही नहीं, मित्रों तक से करवा ही लेते थे। काफ़ी बाद में भी, जब मैं दिल्ली आ गया था, इसी तरह कारंत ने ज़िद करके मुझसे 'विक्रमोर्वशीयम्' के गीत लिखवाए थे, 'चौरपंचाशिक' के लिए भी कुछ लिखवाना चाहते थे, पर बात आगे नहीं बढ़ी।

अशोक वाजपेयी

लगभग आधी सदी से अशोक वाजपेयी के निकट संपर्क में रहा हूं। पिछली सदी का छठा दशक याद आता है, जब मैं लखनऊ से 'युगचेतना' निकालता था और अशोक की कविताएं उसमें छापी थीं। बाद में उनके कुछ समीक्षात्मक लेख भी पढ़े। एक प्रतिभा-संपन्न कवि-लेखक में जो विश्वास तब बना, वह आज भी क़ायम है। इस आधी सदी में उनके विचारों में बदलाव भी आते रहे हैं। पर उनमें इस बदलाव के कारण किसी ढुलमुल राजनीति की रणनीतियां न होकर, श्रेष्ठ-साहित्य में गहरा विश्वास है, जो धीरे-धीरे एक पक्के आत्म-विश्वास में दृढ़ होता है और मूल्यांकन की अधिक स्थायी और विश्वसनीय कसौटी की ओर हमारा ध्यान खींचता है। इसलिए, पूर्वग्रहों के बावजूद, अशोक वाजपेयी की अपनी 'पसंदें' शायद ही कभी ग़ैर-साहित्यिक कारणों से होती हों। उनसे मतभेद या तो ठोस साहित्यिक आधारों पर ही ठहर सकता है, अन्यथा वह अपने आपको ख़ारिज कर लेगा।

अशोक वाजपेयी के 'कामों' को कई तरह देखा जाना चाहिए– साहित्य में भी और साहित्य के बाहर भी, लेकिन साहित्य के इर्द-गिर्द ही। जो उन्होंने साहित्य 'में' किया और जो उन्होंने साहित्य 'के लिए' किया दोनों के बीच घनिष्ठ संबंध है। यह कहना काफ़ी नहीं कि विभिन्न कलाओं और साहित्य के बीच अंतरंग संबंध होता है। अशोक वाजपेयी उसे कई तरह से सिद्ध करते हैं। एक कवि के रूप में यदि उनका 'बहुरि अकेला' कुमार गंधर्व का गायन और उनकी स्वयं की कविता के बीच संगत का अनूठा उदाहरण है, तो उनके समीक्षक-रूप

को हम रज़ा की चित्रकला के मूल्यांकन में, साहित्य से बाहर निकलकर, कलाओं की दुनिया में प्रवेश करते देखते हैं। फिर भी वह 'प्रमुख लय' छूटने नहीं पाती, जिसे अशोक ने कविता और साहित्य से अर्जित किया है। 'जनसत्ता' में उनका बहुचर्चित स्तंभ 'कभी-कभार' एक बिल्कुल भिन्न स्तर पर गंभीर-साहित्य और अख़बारी माध्यम के बीच इस तरह अपनी जगह बनाता है कि 'संप्रेषण' की समस्या दुरूह न लगकर नई संभावनाओं की ओर इशारा करती है। शायद 'भारत-भवन' की 'स्थापना' को भी इसी 'परिकल्पना' के एक ठोस उदाहरण के रूप में देखना बहुत ग़लत न होगा। वह एक विशेष 'मन' है, जो सभी कलाओं को एक जगह रखकर देखना चाहता है। मेरे और अशोक के बीच जुड़ाव का एक बड़ा कारण शायद यह 'मन' रहा है। दूसरा, उनका अदम्य 'पुस्तक-प्रेम'। किताबों पर, लेखकों पर, कम लेखकों से मेरी इस तरह की बातें हो पाती हैं, जैसी अशोक से। आज भी जब उन्हें विदेशों से लाई नई-नई किताबों से लद-फंद घर लौटते देखता हूं, तो लगता है उस कोलंबस से मिल रहा हूं, जो अभी-अभी अमेरिका से लौटा है। यह एक जीवन सच लगता है कि महज किताबों की वजह से भी एक रिश्ता कितना दृढ़ हो सकता है।

कई तरह से अशोक के साहित्य में होने मात्र के प्रति कृतज्ञ अनुभव करता हूं। उनके होने का मतलब साहित्य में बराबर किसी 'आयोजन', 'उत्सव', 'कार्यक्रम' आदि का ही होते रहना मात्र नहीं है, वह सबसे पहले और दूर तक साहित्य में उस विश्वास का होना है, जो उसे जीवन के बृहत्तर और उदात्त आशयों से जोड़ता है।

अशोक वाजपेयी की कविताओं में एक तत्परता, उत्साह और आत्म-विश्वास है, जो समय के साथ और असमय के विरुद्ध विकसित होता रहा है। उनकी कविताएं न केवल जीवन से, बल्कि अन्य कलाओं के निकट साहचर्य से भी स्पंदन ग्रहण करती रही हैं, रचनात्मक ऊर्जा प्राप्त करती रही हैं। एक ओर अगर वे अनुभवों के अत्यंत आत्मीय क्षेत्रों में विचरण करती हैं, तो दूसरी ओर उनमें उस कठोर यथार्थ से टकराने

का साहस भी दिखता है, जिसमें वे आज की बढ़ती हुई व्यावसायिकता, धूर्तता, पाखंड, भ्रष्टाचार, हिंसा, क़ौमी असहिष्णुता आदि को अपनी चौकन्नी नज़रों से बचकर निकलने नहीं देते। कम साहित्यकार ऐसे होंगे, जिनकी इतनी पैनी और चौकन्नी नज़र जीवन के विभिन्न पक्षों को इतनी बेबाकी से छू पाती होंगी। उनकी कविताएं जहां एक ओर जीवन के आत्मीय प्रसंगों की कविता हैं, वहीं दूसरी ओर अत्यंत विवेचकीय अर्थों में वह सामाजिक यथार्थ की कविता भी हैं।

वह साहित्य के एक सजग प्रहरी हैं, जो कहीं भी पाखंड और बदनीयती के षड्यंत्र को बर्दाश्त करने के लिए तैयार नहीं। वैचारिक घपलों को बेनक़ाब करने में अचूक उनकी चौकन्नी नज़र ख़तरे उठाकर भी उस मर्यादा पर आंच नहीं आने देती, जिससे साहित्य की हित-रक्षा होती है।

न दे नामे को इतना तूल
ग़ालिब, मुख़्तसर लिख दे

टिप्पणी

रघुवीर सहाय

रघुवीर सहाय की कविताओं का अनुभव-संसार सीमित है, किंतु उसमें तीव्रता और गहराई है, घरेलू और उससे जुड़े निकट-समाज को छूता हुआ। वह मर्मस्पर्शी है, लेकिन दूरदर्शी कम। वह अपने चारों ओर की दुनिया को गहराई से देखता है– पर दूर तक नहीं। रघुवीर भाषा और विचार में अपने को तत्काल तक वाबस्ता रखते हैं और यह अभाव हमेशा खटकता रहता है कि उनके कृति और विश्व-बोध में कुछ महत्त्वपूर्ण आयाम अछूते रह जाते हैं। उदाहरण के लिए उनकी कविताओं में स्त्री की जो मध्यवर्गीय और निम्न-मध्यवर्गीय छवि उभरती है, उसमें दयनीयता है, पर चुनौतियां नहीं। स्त्री चरित्र का यह दूसरा पक्ष यदा-कदा उभरता भी है, तो धुंधला-सा ही।

रघुवीर सहाय ने भारतीय जीवन के सामाजिक और राजनीतिक पक्ष की विडंबनाओं को अत्यंत गहराई और मार्मिक ढंग से अनुभव किया है, जो उनकी कविताओं की संरचना में पूरी तरह प्रतिबिंबित होता है और हमारे अंतःकरण को उद्वेलित करता है। यही वह पक्ष है, जिसने शायद आज की पीढ़ी को प्रभावित किया है।

रघुवीर की कविताओं की मूल शक्ति उनकी भाषा और वाक्य-विन्यास में है। इस पक्ष का ठीक से अध्ययन होना चाहिए, तब ही रघुवीर के परवर्ती कवियों पर प्रभाव के आदर्श को बेहतर समझा जा सकेगा। भाषा को लेकर रघुवीर सहाय की प्रयोगशीलता– वाक्यों की तोड़-मरोड़– उनकी उन कविताओं तक में बरक़रार रहती है, जो छंदबद्ध हैं। उसे बोलचाल की भाषा या पत्रकारिता की भाषा कह देना

काफ़ी नहीं है : कविता में, मुक्त छंद में, वाक्य के रचनात्मक हस्तक्षेप को लक्ष्य करना ज़रूरी है। वह वाक्यों का सरलीकरण नहीं करते, उन्हें इस तरह उलझाते हैं कि उनमें जीवन की उलझनें व्यंजित हों।

विवरण-प्रधान कविता में यों भी शब्दों की अपेक्षा 'वाक्य-रचना' का अधिक महत्त्व रहता है। भर्तृहरि (पांचवीं सदी के पूर्वार्ध) ने 'वाक्यपदीयम्' के दूसरे खंड (वाक्य-कांड) में 'शब्दसंबंधशक्ति' पर विस्तार से विचार किया है। उल्लेखनीय है कि पिछले दशकों में कुछ पाश्चात्य समीक्षकों का ध्यान भी आधुनिक कविता में 'वाक्य' के महत्त्व की ओर गया है। विलियम वेंथ ने अपने एक हाल में छपे लेख 'द क्राफ्ट ऑफ़ थॉट : द सेंटेंस इन कंटेमपररी पोएट्री' में इस ओर ध्यान ख़ासतौर पर खींचा है कि आधुनिक कविता के बिंब-पक्ष, लय, मुक्त छंद, उपमा, उत्प्रेक्षा, रूपक, लक्षणा, अलंकार, भाषा आदि पक्षों पर तो काफ़ी लिखा जाता रहा, पर कविता में वाक्य का पक्ष लगभग उपेक्षित रहा। अपने यहां भी इस पक्ष पर रघुवीर सहाय समेत कई कवियों के संदर्भ में विचार करने की ज़रूरत है।

के सच्चिदानंदन

मलयाली कवि के सच्चिदानंदन की कविताओं का अनुवादों में भी बहुत हद तक सुरक्षित रहना उन कविताओं की उस बुनियादी बनावट की ओर हमारा ध्यान खींचता है, जिसमें वाक्य-रचना, बिंब-विधान, निश्चित पात्रों, घटनाओं, स्थानों और वस्तुओं का कुशल संयोजन ठोस प्रसंगों से नत्थी करता है। लेकिन उनकी ऐसी भी बहुत-सी कविताएं हैं, जिनका संदर्भ भाषा, इतिहास, मिथकों, क्षेत्रीयता, परंपरा आदि के संस्कारों में इतना गहरा धंसा हुआ है कि उन्हें किसी दूसरी भाषा में रोपना लगभग नामुमकिन है।

सच्चिदानंदन भाषा को बहुत ही बारीक़ी और सहूलियत से– लगभग मननशील ढंग से– बरतते हैं। उसमें आधुनिक जीवन है पर आधुनिकता की कर्कशता और परायापन नहीं। एक ख़ास तरह का धीरज और कशिश है, जो जीवन को उदारता और विचारशील ढंग से देखती और सोचती-विचारती है। उनकी कविता सामाजिक यथार्थ के प्रति पूरी तरह सतर्क और ज़िम्मेदार कविता है, लेकिन उससे आक्रांत और घबराई हुई कविता नहीं। उनकी प्रतिबद्धता उनकी कविता में इस तरह घुली-मिली है कि वह दोनों को ऊर्जावान बनाती है। कविताओं में यह बात भी ख़ासतौर पर परिलक्षित करने की है कि यद्यपि उनका संदर्भ वैश्विक है, पर उनका बुनियादी स्वभाव अपनी भारतीय पहचान को नहीं छोड़ता– उसकी वयस्कता को एक ज़्यादा बड़ा परिवेश देकर उसे पुष्ट करता है।

गोरख पाण्डेय

यह भी एक अजीब विडंबना है कि हमारा ध्यान किसी कवि या साहित्यकार की ओर तब जाए, जब वह हमारे बीच न हो। जीते-जी वह या तो उपेक्षित रहे या तिरस्कृत। उसके जीवित रहते हम उसका सही मूल्यांकन न कर पाएं और उसके न रहने पर उसके प्रति की गई अवज्ञा का मूल्य भाव-भीने उद्‌गारों द्वारा चुकाने की कोशिश करें। गोरख पाण्डेय की आत्महत्या के पीछे निजी कारण भी रहे ही होंगे, लेकिन उनकी कविता जिस विकलता को शब्द देती है, वह मनुष्य के सामाजिक दायित्व की ज़्यादा बड़ी चेतना को संबोधित है। आज हममें से कितने ही आत्महत्या के बिंदु पर जी रहे हैं– इस सचाई को जीना भी मृत्यु से कम दर्दनाक हादसा नहीं है। कहीं अलवरेज़ ने कहा था कि 'आत्महत्या एक हताश व्यक्ति का मदद के लिए अंतिम चीत्कार है...'। गोरख पाण्डेय इस मदद के माहौल को एक संतुलित और न्यायपूर्ण सामाजिक-आर्थिक व्यवस्था में परिलक्षित करते हैं। उनकी कविता एक हद पर अगर यह चीत्कार है कि इस समाज को जल्दी-से-जल्दी बदल डालना चाहिए, तो दूसरी हद पर एक दबा हुआ हताश धीरज भी कि समाजवाद तो धीरे-धीरे आएगा।

गोरख पाण्डेय की कविताओं को पढ़ते हुए मुझे लगा कि वे प्रौढ़ता और निखार के एक ज़्यादा संयत और प्रभावशाली माध्यम को तलाश रही थीं। जिस व्यग्रता और बेचैनी को वह शब्द देना चाहते थे, उसके लिए उनका राजनीतिक मुहावरा काफ़ी नहीं पड़ रहा था। 'धूमिल' और 'पाश' की कविताएं राजनीतिक- सामाजिक संवेदना को

पूरे जीवन-संदर्भ में रखकर विस्तृत करती हैं। गोरख पाण्डेय की कविताएं भी शायद ऐसे ही किसी बृहत्तर संदर्भ की ओर बढ़ रही थीं। विचित्र संयोग है कि इन तीनों ही कवियों की अत्यंत क्रूर मौतें किसी-न-किसी रूप में समाज के उस सबसे नृशंस रूप को नंगा करती है, जिसके ख़िलाफ़ उनकी कविताएं लगातार विद्रोह हैं।

काव्य-दृष्टि और विमर्श

इधर की समीक्षाओं में जिन दो शब्दों ने अपनी ख़ास जगह बनाई है, वे हैं 'पाठ' और 'विमर्श'। इनकी भाषायी बिरादरी काफ़ी बड़ी है– संरचना, व्याख्या, विखंडन वग़ैरह इसी परिवार के शब्द हैं। चिंतकों में फूको से लेकर देरीदा तक अनेक प्रखर विचारकों के नाम लिए जा सकते हैं।

एक किताब को पढ़ने के कई तरीक़े हो सकते हैं, उसकी कई व्याख्याएं हो सकती हैं– इस तरह भी कि मूल पाठ से उसकी व्याख्या अधिक महत्त्वपूर्ण हो जाए : यहां तक कि मूल पाठ ही नहीं लेखक तक का विलोम अथवा विध्वंस-सा हो जाए।

कविता के पाठ में यह गुंजाइश सबसे अधिक है, क्योंकि उसकी शब्द-रचना एक क़िले की तरह दृढ़ नहीं होती। बिल्कुल अपनी तरह स्वप्निल, मनमानी और लगभग अनमनी होती है। मूलतः कल्पना, प्रतीकों, बिंबों, ध्वनियों, भावनाओं आदि की भाषा। उसे एक विमर्श की तरह भी पढ़ा जा सकता है। विमर्श के अर्थ को स्त्री-विमर्श में सीमित करके भी किसी स्त्री की कविताओं को पढ़ा जा सकता है।

किसी भी 'कवयित्री' या 'लेखिका' को इस तरह वर्गीकृत करके पढ़ा जा सकता है, मानो उसका लिखा सबसे पहले स्त्री-जाति का हो फिर मनुष्य जाति का। पूरी मनुष्य जाति के इतिहास को ही इस तरह पढ़ा और व्याख्यायित किया जा सकता है, मानो वह स्त्री-जाति के विरुद्ध ज़्यादतियों का ही इतिहास रहा हो। हम किसी भी साहित्यिक कृति को या किसी भी शब्द-रचना को– किसी ख़ास विमर्श के तर्क,

वितर्क या कुतर्क की तरह पढ़ सकते हैं। उस हालत में एक रचना और रचनाकार गौण हो जाएंगे। विमर्शकार या विमर्शकारों की मंशा प्रमुख हो जाएगी। रचना की गवाही से अधिक विमर्शकारों की वकालत और बहसों पर ही फ़ैसले निर्भर करेंगे।

मैं जान-बूझकर 'विमर्श' की तरकीबों पर ज़रूरत से ज़्यादा शक कर रहा हूं, ताकि एक रचना की जगह को अदालत से बाहर लाकर ज़िंदगी के एक ज़्यादा बड़े परिवेश और परिप्रेक्ष्य में रखकर देख सकूं। तो सबसे पहले मैं एक साहित्यिक कृति से ही पूछता हूं कि क्या वह इसके लिए तैयार है? क्या वह केवल किसी ख़ास विमर्श का हिस्सा होने में ही संतुष्ट है? या वह एक ज़्यादा बड़ी विश्व-दृष्टि और जीवन-दृष्टि से भी संपन्न है?

मैं इस बात को लेकर क़तई धोखे में नहीं हूं, न किसी को धोखे में डालना चाहता हूं, कि जब हम किसी भी अन्याय को किसी ख़ास वर्ग विशेष के साथ जोड़कर आवाज़ उठाते हैं, तब हमें अनायास ही आसानी से एक 'पहचान' का नेतृत्व मिल जाता है लेकिन जब हम अन्याय के ख़िलाफ़ एक ज़्यादा बड़े सामाजिक और मानवीय संदर्भ में आवाज़ उठाते हैं, तब हमारे विरोध की आंदोलनी ताक़त विकेंद्रित-सी होती लगती है।

कविता राजनीतिक ढंग की आंदोलनी ताक़त नहीं है, नैतिक ढंग की अंदरूनी ताक़त है। लेकिन यहां भी मैं कविता के क्षेत्र और उसकी संभावनाओं को सीमित नहीं करना चाहूंगा– वह क्षेत्र अगर महादेवी वर्मा का हो सकता है, तो सुभद्राकुमारी चौहान का भी हो सकता है। मैं सिर्फ़ उस फ़र्क़ को रेखांकित करना चाहता हूं, जो साहित्यिक दृष्टि से दोनों को बिल्कुल दो अलग तरह की जीवन-दृष्टियों और साहित्यिक संवेदनाओं की प्रतिनिधि बनाता है। किसी भी विमर्श की झोंक में उस फ़र्क़ को अगर ग़ैरज़रूरी-सा मान लिया जाता है, तो विविधता की गुंजाइश बहुत कम हो जाएगी।

कृष्णा सोबती

हर लेखक की अपनी शैली होती है, भाषा को उस ख़ास अंदाज़ में बरतती हुई, जो बाद में उसकी ख़ास पहचान बन जाती है। कृष्णा सोबती का भी ज़िंदगी को देखने-बूझने और बयां करने का एक फक्कड़ तरीक़ा है, जो अक्सर हमें 'सरशार' के 'फ़साना-ए-आज़ाद' की याद दिलाता है। उनकी उर्दू में लखनवी नफ़ासत है, तो पंजाब का ठेठ अक्खड़पन भी।

अगर 'ऐ लड़की!' उनकी क़लम का सबसे कोमल छोर है, तो उनका 'ज़िंदगीनामा' वह दूसरा छोर, जो लगभग ठेठ पंजाब है। ये सिर्फ़ दो सुदूर छोर नहीं हैं, इनके बीच जीवन के जो पहलू उभरते हैं, उसमें हम एक अत्यंत संवेदनशील लेखिका के तमाम रंगों को पहचान सकते हैं– रंग, जो कभी घुले-मिले, तो कभी अलग-अलग भी उभरते हैं। यह अपनी तरह का तेज़तर्रार लेखन है : दबकर नहीं, सीधे खुल्लमखुल्ला चोट करने वाला लेखन। सोबती का लेखन न तो रियायती है, सिफ़ारिशी। जब तारीफ़ करती हैं, तो भरपूर, खुले दिल से और प्रहार करती हैं, तो कोई कोर-कसर उठा नहीं रखतीं। कृष्णा सोबती के अंदर अन्याय के ख़िलाफ़ खड़े होने की जो एक दृढ़ता और मज़बूती है, वह उनकी भाषा के लगभग चुनौती भरे मुहावरे में प्रतिबिंबित होती है। इस मायने में उनकी भाषा कथ्य का अविभाज्य अंग बन जाती है। शैली का अध्ययन इस मायने में सोबती के लेखन के अत्यंत महत्त्वपूर्ण पक्षों पर प्रकाश डाल सकता है। शैली और विषय-वस्तु, दोनों ही में सोबती ने एक नई तरह की जीवन-दृष्टि को जोड़ा है। वह पारंपरिक अर्थों में स्त्री-लेखन नहीं है, स्त्री के अर्थ को नई तरह सामाजिक प्रतिष्ठा देता हुआ लेखन है।

अनामिका

जैसे कुम्हार बनाता है उसी मिट्टी से तरह-तरह के खिलौने और उपयोग की वस्तुएं, अनामिका भारतीय स्त्री के घरेलू जीवन और उसके निकट परिवेश के अनुभवों से सामग्री लेकर अपनी कविताओं और कथा-साहित्य की दुनिया रचती हैं। यह दुनिया न तो छोटी है, न सरल, यह बात उनकी कविताओं में भी उतनी ही सफ़ाई और समझ से व्यक्त होती है, जितनी उनके कथा-साहित्य में। वह बिल्कुल अपनी तरह आज के नारी-विमर्श के कई ख़ास मुद्दों को उठाती हैं और उन्हें साहित्य के माध्यम से संवेदनशील बनाती हैं। पृष्ठभूमि में आंचलिक उपन्यासों की तकनीक झलकती रहती है, जिसमें अनामिका आज के नारी-मन को शब्द देती हैं। अनुभवों को शब्द देने के कौशल में ही हम साहित्य की उस बड़ी सामाजिक ज़िम्मेदारी को पहचान सकते हैं, जिसके आदर्श उदाहरण प्रेमचंद और रेणु रहे हैं और जिससे इधर की अनेक कवयित्रियों और लेखिकाओं के साहित्य को एक नई धार और प्रामाणिकता मिली है। अनामिका का लेखन इस माने में विशेष रूप से उल्लेखनीय है कि उन्होंने गद्य और पद्य दोनों माध्यमों से अपने अनुभवों के कई आयामों को उद्घाटित करने की चेष्टा की है, इस तरह कि वे नारी-समस्याओं के कई पक्षों को छूते हैं। अपनी कविता 'स्त्रियां' में वह कहती हैं :

हम भी इंसान हैं—
हमें कायदे से पढ़ो एक-एक अक्षर
... ...
और समझो जैसे समझी जाती है
नई-नई सीखी हुई भाषा

अनामिका भी 'पढ़ती' हैं, इस नारी-मन को आज की शिक्षित, आधुनिक स्त्री के सोच-समझ से और उस फ़र्क़ को सामने रखती हैं, जिसमें एक स्त्री-मन की केवल दमित भावनाएं और आकांक्षाएं नहीं हैं, एक संदेश भी है कि स्त्री का मतलब एक शक्ति भी है– जैसे पृथ्वी, जैसे प्रकृति।

पवन करण

पवन करण का काव्य-संग्रह 'स्त्री मेरे भीतर' मिला। एक ही बार में पूरा संग्रह पढ़ गया– मेरी पसंद का पहला संकेत। कविताएं निश्चित रूप से स्त्री को एक 'पहचान' देती हैं। यह शायद बहुत मुश्किल नहीं बिल्कुल बौद्धिक स्तर पर भी संभव है। लेकिन क्या वे इससे आगे बढ़कर स्त्री को एक 'व्यक्तित्व'– एक 'आज़ाद व्यक्तित्व' भी दे पाती हैं– यह ज़्यादा अहम सवाल है। मां, बहन, पत्नी, प्रेमिका में हम जिस स्त्री को पहचानते हैं, वह फिर भी स्त्री का सामाजिक अर्थों में 'उपयोगितावादी' रूप ही है और संकुचित अर्थों में पुरुषार्थ-सापेक्ष दृष्टि से बोझिल। जब हम स्त्री के स्वतंत्र व्यक्तित्व की बात सोचते हैं, तो कहीं हमें उसकी अपनी दृष्टि, सोच और उद्भावनाओं की जड़ों तक जाना होगा– उन्हें पुरुष पर निर्भरता की सदियों पुरानी पारंपरिक और अशिक्षित जकड़नों से मुक्त कराना होगा– वह मुक्त है, इस बात को तर्क से अधिक भावनाओं और व्यवहार के स्तर पर पुष्ट करते रहना होगा।

विश्वनाथ त्रिपाठी

विश्वनाथ त्रिपाठी की किताब 'नंगातलाई का गांव' उत्तर प्रदेश में हिमालय की तराई में बसे एक छोटे-से गांव का 'चरित्र-चित्रण' है। यह सिर्फ़ 'चित्रण' नहीं है– गांव के उस प्रतिनिधि 'चरित्र' को पकड़ने की कोशिश है, जो उसमें रहने-बसने वाले अनेक 'चरित्रों' के रहन-सहन, मेल-मिलाप, मैत्री-स्पर्धाओं आदि से बनता है। यह चरित्र-चित्रण दोआयामी नहीं, तीनआयामी है। चौथा आयाम लेखक की वह संवेदना है, जो समय के लंबे अंतराल को तय करके स्मृतियों के अतीत में प्रवेश करती है। वहां धुन्ध नहीं है, पछतावा, उदासी नहीं है– एक आश्चर्यजनक उजाला है, जैसे अभी-अभी सुबह हुई हो। त्रिपाठी जी इस अतीत को शौक़ से याद करते हैं, बुझे मन से नहीं। शायद वह उजाला उसी उल्लास का उजाला है, जिसके आईने में चमकता है– एक साथ लेखक का चेहरा भी और उस अतीत की अत्यंत मानवीय छवि भी।

ओम थानवी

इतिहास मेरा प्रिय विषय है। बहुत-सी किताबें नज़र से गुजरी हैं, पर पहली बार ऐसी कृति पढ़ने को मिली, जिसमें यात्रा-वृत्तांत की शैली को विभिन्न स्तरों पर आज़माया गया है। एक स्तर पर वह बिल्कुल भौगोलिक यात्रा है और दूसरे स्तर पर ऐतिहासिक यात्रा। तीसरे स्तर पर यह जानकारियों के बीच जाती हुई यात्रा है। अगर चौथा आयाम देखें, तो यह एक संवाद है, साहित्य और इतिहास के बीच। इसकी ओर ओम थानवी ने बहुत अच्छी तरह इंगित किया है। पुरातत्व की बातें हैं, पुरातत्व सर्वेक्षण या ख़ुदाई के प्रसंग हैं। कला-रूप आदि की बातें हैं, जो सिंधु सभ्यता के शुरुआती दौर में भी थीं और चरम दौर में भी।

कृति को 'मुअनजोदड़ो' नाम दिया गया है। जगह का नाम दरअसल यही है। हम मोहनजोदड़ो पढ़ते आए हैं। वह अर्थ नहीं है। किताब में इसका खुलासा किया गया है। नाम से बड़ी संख्या में मृत्यु की तरफ़ यह इशारा जाता है। रांगेय राघव ने मुअनजोदड़ो का अनुवाद 'मुर्दों का टीला' किया था। किताब पढ़ते हुए मुझे यह भी लगा कि पुरातत्व की जो जानकारियां ओम थानवी ने दी हैं, वे बहुत महत्त्वपूर्ण हैं।

तथ्य अपनी जगह, लेकिन मुअनजोदड़ो की जो यात्रा का वर्णन है, उसकी शुरुआत ही मुझे बहुत प्रभावित करती है। सड़क के रास्ते कराची से लरकाना तक की यात्रा। फिर मंज़िल तक, मुअनजोदड़ो। एक स्तर पर यह एक भौतिक यात्रा है। वहां पर तमाम तरह के लोग हैं, शहर हैं। किताब में सब मिलते हैं। वहां जीवन का जो जीता-जागता

चित्रण है, वह अद्‌भुत है मगर लरकाना से मुअनजोदड़ो पहुंचकर ओम इतिहास में प्रवेश कर जाते हैं। यहां यात्रा का स्वरूप बदल जाता है। मुअनजोदड़ो की सभ्यता सामने है, खंडहरों में जीवन। उसका चित्रण लेखक ने इतने सजीव और सुंदर ढंग से किया है, मानो लगता है हम बिल्कुल उस समय में रह रहे हों।

मेरे अनुभव में ऐसी किताबें बहुत कम आई हैं, जो एक विधा को इतनी तरह से, एक ही नैरेटिव के अंदर इस्तेमाल कर सकती हों। अभी हाल में यह प्रचलन बढ़ा है। उपन्यासों में डिटेक्टिव विधा को दूसरी तरह के नैरेटिव्स के लिए इस्तेमाल किया गया है। उंबर्तो ईको और ओरहान पामुक सरीखे उपन्यासकार ने डिटेक्टिव गद्य की तकनीक का उपयोग अपने उपन्यासों में गंभीर मानवीय संवेदना के संप्रेषण के लिए किया है। विधाओं में यह जो समानांतर और पारस्परिक आवाजाही है, मेरे ख़याल से, इस यात्रा-वृत्तांत में उसका बहुत सुंदर प्रयोग हुआ है। हिंदी में यह बिल्कुल फ़र्क़ तरह की किताब है, जिसमें उपन्यास, यात्रा-वर्णन, इतिहास गद्य के कई पहलुओं को इतने सुचारु ढंग से संभाला गया है कि इनका प्रभाव कहीं खोने नहीं पाता।

यतीन्द्र मिश्र

सोनल मानसिंह की नृत्यकला पर आधारित यतीन्द्र मिश्र की यह एक संगीत और नृत्यप्रेमी साहित्यकार तथा साहित्यप्रेमी नृत्यांगना के बीच संवाद है, जो हमें बार-बार भारतीय कलाओं के लंबे इतिहास में इस बात की याद भी दिलाती है कि विभिन्न कलाएं कितनी घनिष्ठ रूप से एक-दूसरे से जुड़ी रही हैं।

कलाओं के इतिहास को जब जीवन के इतिहास के साथ जोड़कर देखा जाता है, तब हमें दोनों के प्रति नई तरह की सोच और समझ मिलती है। यह बात भारतीय संदर्भ में ख़ास माने रखती है, जहां कलाएं खासकर मनोरंजन कलाएं हमेशा जीवन के साथ विकसित हुई हैं। दूसरी बात, विभिन्न कलाओं के आपसी संबंध और उनका शास्त्रीय पक्ष कुछ इस तरह अंतर्वेष्टित रखा गया कि लोक-रुचि का प्रशिक्षण और परिष्कार भी होता रहे। इससे एक ओर जहां कलाओं के शास्त्रीय पक्ष की एक सुदृढ़ अध्ययन परंपरा विकसित हुई, वहीं उनके लोक पक्ष की अधिक सहज और स्वाभाविक शैलियां भी। उनके बीच दूरियों से अधिक उनके समानांतर विकास की अनिवार्यताएं अधिक रोचक हैं। लोक कलाओं और शास्त्रीय कलाओं के बीच आदान-प्रदान का जो एक रिश्ता बनता-बिगड़ता रहा, उसने कलाओं की अंतःप्रेरणाओं को ऊर्जस्वी रखा।

'देवप्रिया' इस मामले में एक ज़रूरी और विचारोत्तेजक किताब है, जो कलाओं के इन अंतर्संबंधों पर खुलकर विमर्श करती है।

मेघन कछारी

राजनीतिक कविताओं की एक रूढ़ि-सी बन गई है। इस ओर कम कवियों का ध्यान गया है कि इस रूढ़ि को तोड़ना भी ज़रूरी हो सकता है। सिर्फ़ तोड़ना ही नहीं, उसे जीवन की मुख्यधारा से इस तरह जोड़ना भी ज़रूरी हो सकता है कि वह राजनीति की अलग दुनिया नहीं, हम सबकी सामूहिक और सामाजिक चेतना का सबसे visible हिस्सा है। यह महसूस करना ज़रूरी है कि राजनीतिक कविता के अंदर भी प्रयोग ज़रूरी है। राजनीति जितनी 'ठोस' ऊपर से दिखाई देती है, अंदर से उतनी ही क्षतिग्रस्त और जर्जर हो सकती है। और जब तक कविता उस मर्मस्थल तक– उसकी नितांत मानवीय आत्मा तक– पहुंचकर उसे विचलित नहीं कर पाती, शायद उसकी कोशिश एक अधूरी कोशिश होकर ही रह जाती है। राजनीति का बाहरी ढांचा एक क़िले या गढ़ की तरह कठोर है, उसे स्थूल तरीक़ों से तोड़ पाना मुश्किल भी है और शायद किसी हद तक आत्मघाती भी! कविता उस गढ़ के अंदर खुफ़िया तौर पर प्रवेश पा सकती है– विश्वासघाती इरादों से नहीं, विश्वासघात में ही अविश्वास के बीज डालकर।

(संदर्भ : 'पहल' द्वारा प्रकाशित मेघन कछारी की लघु-पुस्तिका 'विद्रोहगाथा')

●●●

* 9 7 8 8 1 2 6 7 2 6 3 8 7 *

FCW - #0146 - 061026 - C0 - 190/120/8 - PB - 9788126726387 - Gloss Lamination